U0094015

哈福

哈福

最新！

日本人天天說生活日語

朱讌欣 渡邊由里◎合著

5倍速強力閃學‧暢說日語加速度

「日語要怎麼學，才會說？」相信大部份的人都會有這種疑問。

其實，有心學好日語的人不難發現：日本人平常所講的日語是非常簡單的句子，本書提供您的就是這樣學習的素材，不僅好學易懂，也是最生活化的。

學日語就和我們學國語一樣，從生活中學起，這時您會赫然發現，原來說日文就是這麼簡單。

本書精選和日本人交流的82種情境：交通、購物、觀光、商務等，各種生活化的日語會話，應有盡有。

本書附有精質MP3，老師的發音都是標準的東京音，書和MP3合用，效果更佳。

日常會話簡單、明瞭即可。要說一口流利、道地的日語，實非難事。

本書根據日本文化廳「生活日本語標準手冊」編寫，每一句日語都是最真實的日本生活情境會話。

用感覺學日語，5倍速強力閃學，每天5分鐘，5感全開發，日語會話能力從冰點直竄至沸騰！

1倍速：Listening　用聽的，聽老師二段式對話。

2倍速：Speaking　用說的，自己親自跟聽、跟說。

3倍速：Thinking　用想的，聯想更多的會話句型。

4倍速：Watching　用看的，閱讀可強化腦內記憶。

5倍速：Writing　用寫的，手寫可訓練寫作能力。

第六篇

飲食篇

第七篇

觀光篇

第八篇

工作篇

第九篇

遇到麻煩篇

第一篇

登陸日本篇

MP3-2

Chapter 1

入境手續

會話

係　員：日本語(にほんご)は大丈夫(だいじょうぶ)ですか。

海關人員：可以聽得懂日語嗎？

王　：はい、大丈夫(だいじょうぶ)です。

沒問題的。

係　員：パスポートを見(み)せてください。

海關人員：請讓我看一下護照。

王　：はい、どうぞ。

好的，請。

係　員：来日(らいにち)の目的(もくてき)は何(なん)ですか。

海關人員：您來日本的目的是什麼？

王　：留学(りゅうがく)です。

留學。

係　員：はい、結構(けっこう)です。

海關人員：好的，可以了。

也要記住這種說法

★ ビジネスです。

商務。

★ 観光(かんこう)です。

觀光。

★ 親族訪問(しんぞくほうもん)です。

探親。

★ 何日滞在(なんにちたいざい)する予定(よてい)ですか。

預備停留幾天。

★ どこに宿泊(しゅくはく)する予定(よてい)ですか。

預備住在哪裡？

單字

大丈夫(だいじょうぶ)	沒問題	留学(りゅうがく)	留學
パスポート	護照	結構(けっこう)	可以
見(み)せる	讓…看	ビジネス	商務
来日(らいにち)	赴日	滞在(たいざい)	停留；旅居
目的(もくてき)	目的	宿泊(しゅくはく)	住宿

MP3-3

Chapter 2

通關

會話一

係　員：何か申告するものはありますか。

海關人員：有什麼要申報的嗎？

王　　：いいえ、ありません。

沒有。

係　員：スーツケースを開けてください。

海關人員：請打開行李箱。

王　　：はい。

好的。

係　員：これは何ですか。

海關人員：這是什麼？

王　　：私の身の回りです。

我的隨身衣物。

係　員：はい、結構です。

海關人員：可以了。

會話二

係　員：パスポートと申告書（しんこくしょ）を見（み）せてください。

海關人員：請讓我看一下護照和申報單。

王　　：はい、どうぞ。

好的，請。

係　員：酒類（さけるい）や、タバコはお持（も）ちですか。

海關人員：帶酒類、香菸了嗎？

王　　：ウイスキーを４本（よんほん）持（も）っていますが。

帶了四瓶威士忌。

係　員：免税（めんぜい）をオーバーしていますよ。

海關人員：超過免稅限量了。

王　　：どうしたらいいですか。

怎麼辦呢？

係　員：あちらでオーバー分（ぶん）の税金（ぜいきん）を払（はら）ってください。

海關人員：請在那裡付超量部分的稅。

也要記住這種說法

★ 全部(ぜんぶ)衣類(いるい)とお土産(みやげ)です。

全都是衣服跟禮物。

★ 友人(ゆうじん)への贈(おく)り物(もの)です。

送朋友的禮物。

★ このカメラは自分(じぶん)で使(つか)うものです。

這台照相機是我自己要用的。

★ これは免税(めんぜい)です。

這是免稅的。

★ 課税額(かぜいがく)はいくらですか。

課稅額要多少？

單字

申告(しんこく)	申報	酒類(さけるい)	酒類
スーツケース	行李箱	ウィスキー	威士忌
開(あ)ける	打開	免税(めんぜい)	免稅
身(み)の回(まわ)り品(ひん)	隨身衣物	オーバー	超過
申告書(しんこくしょ)	申報單	払(はら)う	支付

MP3-4

Chapter 3

坐電車到市內

會話

王　：東京都内へ行きたいのですが、何線に乗ればいいですか。

我想去東京都內，坐什麼線好呢？

案内係：新京成に乗りますか、それともJRに乗りますか。

服務員：您要乘坐新京成線，還是JR線呢？

王　：どちらでもいいです。

都可以。

案内係：新京成線は、普通、特急、スカイライナーの３種類があって、JRは快速、エクスプレスの２種類があります。

服務員：新京成線有慢車、特快車，skyliner特快車三種。JR線有快速車和experss特別高速車兩種。

王　：一番早くて、安いのはどれですか。

最快又便宜的是哪一種？

案内係：それなら、スカイライナーですね。

服務員：那就是skylinr特快車了。

也要記住這種說法

★ 何番線の電車に乗ればいいですか。

坐第幾月台的電車好呢？

★ 自動券売機での切符の買い方を教えてください。

請教我自動售票機購票方法。

★ 新宿駅までの行き方を教えてください。

請教我怎麼到新宿車站。

★ どこで乗り換えるんですか。

在哪裡換車？

★ どこで降りるんですか。

在哪裡下車？

單字

都内	都內	速い	快
何線	什麼線	自動券売機	自動售票機
乗る	乘坐	行き方	怎麼去
スカイライナー	skyliner特快車	乗り換える	換車
エクスプレス	express高速車	降りる	下（車、船）

MP3-5

Chapter 4 坐機場專用巴士到市內

會話

王　：すみません。TCATへ行きたいんですが。

請問，我想去TCAT。

案內係：リムジンバスに乗るなら一番乗り場です。

服務員：如果要乘坐機場專用巴士的話，請在一號站牌。

王　：TCATまで何分かかりますか。

到TCAT要花幾分鐘？

案內係：８０分ぐらいです。

服務員：大約80分鐘左右。

王　：東京駅まで一枚ください。

請給我一張到東京車站的票。

駅員：はい、３６００円になります、二番乗り場でございます。

站員：好的，3600日圓。請在二號站牌上車。

王　：二番乗り場はどこですか。

二號站牌在哪裡？

駅員：左のドアを出られると、すぐ見えます。

站員：您一出左邊的門就可以看到了。

也要記住這種說法

★ 池袋駅前で降りたいんですが。

我想在池袋車站前下車。

★ バスは何分ごとに発車しますか。

巴士每隔幾分鐘發車？

★ ○○ホテルへ行きたいのですが、どのバスに乗ればいいですか。

我想去○○飯店，坐什麼巴士好呢？

★ 都内に行くバスはどれですか。

到都內的巴士是哪一輛？

★ 出発(しゅっぱつ)時間(じかん)は何時(なんじ)ですか。

幾點出發？

單字

リムジンバス	機場專用巴士	ドア	門
乗(の)り場(ば)	車站	出(で)る	出
かかる	花費	すぐ	馬上
まで	到	見(み)える	看得見
になります	共	ごとに	每隔

MP3-6

Chapter 5

坐計程車到市內

會話

王　：すみません。

對不起。

運伝手：はい。

駕駛員：是。

王　：後ろを開けていただけますか。大きい荷物を入れたいので。

請打開後車箱，我想放大的行李。

運伝手：はい、手伝いましょうか。

駕駛員：好的，讓我來幫您的忙。

王　：お願いします。

麻煩你了。

運伝手：どちらまでですか。

駕駛員：請問到哪裡？

王　：新宿駅までお願いします。

麻煩到新宿車站。

運伝手：かしこまりました。

駕駛員：好的。

也要記住這種說法

★ 荷物(にもつ)をトランクに入(い)れてもらいませんか。

麻煩幫我把行李放到車箱內。

★ ○○ホテルへ行(い)ってください。

請到○○飯店。

★ ここへ行(い)ってください。

請到這裡。

★ どのぐらいお金(かね)がかかりますか。

要花多少錢？

★ ここでいいです。

這裡就可以了。

單字

後(うし)ろ	後面	お願(ねが)いします	麻煩
ていただける	請您	かしこまりました	好的
荷物(にもつ)	行李	てもらう	請為我…
入(い)れる	放入	トランク	車箱
手伝(てつだ)う	幫忙	ホテル	飯店

MEMO

天才是百分之一的靈感,加百分之九十九的努力。

第二篇

熟悉環境篇

MP3-7

Chapter 1

租房子

會話一

王　　　：部屋を捜しているのですが。

　　　　　我想找房子。

不動産屋：どんな部屋をご希望でしょうか。

房屋仲介：您要什麼樣的房子？

王　　　：安い部屋がいいのですが。

　　　　　便宜的房子就行了。

不動産屋：予算はどのぐらいですか。

房屋仲介：預算多少錢？

王　　　：4万円ぐらいです。

　　　　　4萬日圓。

不動産屋：この部屋はどうですか。お風呂は付いていませんが。

房屋仲介：這間房子怎麼樣？雖然沒有附浴室。

王　　　：礼金や敷金は必要ですか。

　　　　　需要禮金和押金嗎？

不動産屋：はい、それぞれ家賃の一ヶ月分必要です。

房屋仲介：要，各要一個月份的房租。

會話二

不動産屋：これはいかがですか。東向きの２DKですが。

房屋仲介：這個怎麼樣？朝東二房一廚。

王　　　：家賃はいくらですか。

房租要多少？

不動産屋：一月９万円、管理費は２０００円です。

房屋仲介：一個月9萬日圓，管理費2000日圓。

王　　　：ちょっと高すぎます。もっと安いところはありませんか。

太貴了，有沒有更便宜的？

不動産屋：そうですねえ。じゃ、これはどうでしょう。管理費も入れて６万ですが。

房屋仲介：那…，這個怎麼樣，包括管理費6萬日圓。

王　　　：駅から遠いですか。

離車站遠嗎？

不動産屋：ええ、歩いて２０分です。

房屋仲介：遠，走路25分鐘。

也要記住這種說法

★ ワンルームの部屋（へや）でいいです。

一個房間就可以了。

★ 日当（ひあ）たりのいい部屋（へや）がいいです。

我要採光好的房間。

★ バイクはおけますか。

可以放機車嗎？

★ 近所（きんじょ）は静（しず）かですか。

附近安靜嗎？

★ 買（か）い物（もの）は便利（べんり）ですか。

購物方便嗎？

單字

部屋（へや）	房間	礼金（れいきん）	禮金
捜（さが）す	尋找	敷金（しききん）	押金
風呂（ふろ）	浴室	家賃（やちん）	房租
つく	附	2DK	二房一廚
トイレ	廁所		

Chapter 2

丟垃圾

會話一

王　：ゴミはここに出(だ)してもいいですか。

垃圾可以丟在這裡嗎？

大家：あ、それは、今日(きょう)は出(だ)さないでください。

房 東 ：啊，那個，今天不能丟。

王　：あ、そうですか。あのう、これは、どうしたらいいですか。

哦，是嗎？那這怎麼辦呢？

大家：それは燃(も)えるゴミね。燃(も)えるゴミは月水金(げっすいきん)に出(だ)してください。

房 東 ：那是可燃垃圾吧？可燃垃圾一、三、五丟的。

王　：月曜日(げつようび)と、水曜日(すいようび)と、金曜日(きんようび)ですね。

星期一、星期三和星期五是吧？

大家：ええ、あした、金曜日(きんようび)の朝(あさ)、出(だ)してください。

房 東 ：對，明天是星期五，明天早上再丟吧！

王　：はい、では燃えないゴミは。

好，那不可燃的垃圾呢？

大家：燃えないゴミは木曜日ですから、今日、出してください。

房東：不可燃的垃圾是星期四丟的。所以今天可以丟。

會話二

楊　：びんやかんはどうしますか？

那瓶罐怎麼辦呢？

大家：資源ゴミの日に出します。

房東：在資源垃圾回收日拿出來丟。

楊　：新聞や雑誌は、リサイクルしますか？

報紙跟雜誌再利用嗎？

大家：新聞は、リサイクルします。でも、雑誌はなまゴミといっしょに捨てます。

房東：報紙是再利用的，但是雜誌是跟廚餘一起丟的。

楊　：テレビがこわれたので、捨てたいのですが。

電視壞了，我想把它丟了。

大家：粗大ゴミは、お金を払ってとりにきてもらいます。

房東：大型垃圾要付錢叫人家來拿。

楊　：どこで、お金を払うのですか？

在哪裡付錢呢？

大家：コンビニでシールを買って、ゴミにはればいいのです。

房東：在便利商店買貼紙，貼在垃圾上就可以了。

也要記住這種說法

★ ゴミはどう捨てればいいですか。

垃圾要怎麼丟？

★ ゴミは種類に分けて捨てます。

垃圾要分類丟。

★ ゴミはゴミ置き場に出します。。

垃圾要丟在垃圾放置處。

★ かんやびんなども分けて資源ゴミの日に出します。

瓶罐等也要分開，在資源垃圾回收日時丟。

★ 燃えるゴミと燃えないゴミを一緒に捨ててはいけません。

可燃垃圾跟不可燃垃圾，不可以一起丟。

單字

ゴミ	垃圾	資源(しげん)ゴミ	資源垃圾
どうしたらいい	怎麼辦好呢	リサイクル	廢物再利用
燃(も)える	可燃	粗大(そだい)ゴミ	大型垃圾
びん	瓶	コンビニ	便利商店
かん	罐子	シール	貼紙

MP3-9

Chapter 3

申請電話

會話

王　：新規回線を申し込みたいのですが。

我想申請新的電話線。

NTT：では、身分を証明できるものはお持ちですか。

您有帶證件嗎？

王　：学生証でよろしいですか。

學生證可以嗎？

NTT：いいえ。パスポートか外国人登録証明書がいります。

不可以，最好是護照跟外國人登錄證明書。

王　：それなら持ってます。

那我有帶。

NTT：では、この用紙に住所と氏名をご記入ください。

那麼，請在這張紙上填上您的住址及姓名。

王　：はい。

好的。

也要記住這種說法

★ 新しい電話回線を申請したいです。

我想申請新的電話線。

★ 留学生はパスポートと外国人登録証明書がいります。

留學生需要護照跟外國人登錄證明書。

★ 取り付けは来週あたりです。

下週左右來安裝。

★ 転送機能はお付けしますか。

要裝轉送功能嗎？

★ キャッチホン機能はお付けしますか。

要裝插播電話嗎？

單字

新規回線	新電話線	電話回線	電話回路
申し込み	申請	取り付け	安裝
身分証明	證件	あたり	左右，上下
外国人登録証明書	外國人登錄證明書	転送機能	轉送功能
用紙	規定用紙	キャッチホン	插播電話

MP3-10

Chapter 4 打電話報平安

王　：もしもし、吉松(よしまつ)さんのお宅(たく)ですか。

喂！是吉松的府上嗎？

吉松：はい、そうです。

是，我是吉松。

王　：王(おう)です。ただいま着(つ)きました。

我是王，剛剛到了。

吉松：あっ、王(おう)さん、お久(ひさ)しぶり、無事(ぶじ)に着(つ)きましたか。

啊！王先生，好久不見，平安到了。

王　：ええ、おかげさまで。

是的。托您的福。

吉松：落(お)ちついたら、家(いえ)に遊(あそ)びにいらっしゃいよ。

安頓好了之後，到家裡來玩啊。

王　：はい、ぜひお伺(うかが)いします。

好的。我一定拜訪。

也要記住這種說法

★ 少々お待(ま)ちください。

請稍等一下。

★ お電話(でんわ)かわりました。

我是〈本人出來接電話時〉。

★ では、伝言(でんごん)をお願(ねが)いします。

那麼，請幫我轉告一聲。

★ いま出(で)かけているんですが。

現在他人外出了。

★ 失礼(しつれい)しました。

再見。

單字

もしもし	喂	着(つ)く	到達
お宅(たく)	府上	お陰様(かげさま)で	托福
から	從，自	遊(あそ)び	玩
お久(ひさ)しぶり	好久不見	ぜひ	一定
無事(ぶじ)	平安	伺(うかが)う	拜訪

MP3-11

Chapter 5

國際電話

會話

KDD：はい、ＫＤＤの斉藤（さいとう）でございます。

您好，我是KDD的齊藤。

王　：台湾（たいわん）の０３８－１２３－４５６にコレクトコールをお願（ねが）いします。

我要打台灣的 038-123-456 對方付費。

KDD：台湾（たいわん）の０３８－１２３－４５６ですね。

台灣的 038-123-456 是嗎？

王　：はい、そうです。

是的。

KDD：お客様（きゃくさま）のお名前（なまえ）をお教（おし）えいただけますか。

請問貴姓大名？

王　：王志明（おうしめい）です。

王志明。

KDD：ご指名（しめい）はどなたですか。

指名叫誰呢？

王　：指名（しめい）はしません。

不指名。

也要記住這種說法

★ コレクトコールしたいんですけど。

我想打對方付費的電話。

★ アメリカにお願（ねが）いします。

請接往美國。

★ 使用料金（しようりょうきん）は無料（むりょう）です。

使用免費。

★ ご自宅（じたく）でコレクトコールをご利用（りよう）されますか。

您是在府上打對方付費電話嗎？

★ 直通（ちょくつう）でお安（やす）いと思（おも）いますが。

直接打比較便宜。

單字

コレクトコール	對方付費電話	無料（むりょう）	免費
教（おし）える	告訴	自宅（じたく）	自己家裡
指名（しめい）	指定姓名	直通（ちょくつう）	直撥
どなた	哪位	思（おも）う	認為
料金（りょうきん）	費用		

MP3-12

Chapter 6

到區役所

會話

王　：すみません、外国人登録（がいこくじんとうろく）をしたいのですが。

對不起。我想登記戶口。

職員：では、この用紙（ようし）にお名前（なまえ）、住所（じゅうしょ）などを書（か）いてください。

請在這張紙上填寫您的姓名跟住址等。

王　：はい、これでいいですか。

寫好了。這樣可以嗎？

職員：こちらに生年月日（せいねんがっぴ）もお願（ねが）いします。

這裡的出生年月日也請填上。

王　：あっ、はい。

啊！好的。

職員：写真（しゃしん）はお持（も）ちですか。

您有帶照片嗎？

王　：はい、持（も）っています。何枚（なんまい）いりますか。

帶來了。需要幾張呢？

職員：二枚です。

兩張。

也要記住這種說法

★ できあがるまで何日かかりますか。

要花幾天才能辦好呢？

★ 2・3週間ぐらいです。

大概兩三個禮拜。

★ パスポートを見せてください。

請讓我看您的護照。

★ 指紋押捺をここにお願いします。

請在這裡按上您的指紋。

★ 外国人登録証明書をうけとりに来ました。

我來領取外國人登錄證明書。

登録	登記	二枚	兩張
書く	填寫	指紋	指紋
生年月日	出生年月日	押捺	押
写真	照片	出来上がる	辦好
いる	需要	受け取る	領取

MP3-13

Chapter 7

到郵局寄信

會話一

周　：この手紙、航空便でお願いします。

這封信我要寄航空。

局員：はい、９６０円になります。

好的。960元。

周　：到着するまで、どれぐらいかかりますか。

要花多少時間送到呢？

局員：１週間ぐらいです。

大概一個星期。

周　：そうですか。じゃ、お願いします。それから８０円の切手を５枚ください。

是嘛。那麼麻煩你了。然後請給我5張80日圓的郵票。

局員：はい、合計１３６０円になります。

好的。一共1360日圓。

會話二

周　：すみません、この小包、航空便でいくらですか。

請問這個包裹，寄航空要多少錢？

局員：はい、ええと、９６０円です。

嗯！960日圓。

周　：そうですか。船便でいくらですか。

是嗎？那船運要多少錢？

局員：４００円です。

400日圓。

周　：船便でどれぐらいかかりますか。

船運要花多少時間呢？

局員：１ヶ月ぐらいです。

大概一個月。

周　：そうですか。じゃ、船便でお願いします。

哦！那麼麻煩我寄船運。

也要記住這種說法

★ この手紙(てがみ)は書留(かきとめ)でお願(ねが)いします。

麻煩這封信寄掛號。

★ これを速達(そくたつ)でお願(ねが)いします。

這個請寄快遞。

★ ゆうパックの袋(ふくろ)を一枚(いちまい)ください。

給我一個郵件袋。

★ お荷物(にもつ)の中味(なかみ)は何(なん)ですか。

包裹裡面是什麼？

★ この用紙(ようし)に書(か)いてください。

請填寫這張紙。

單字

手紙(てがみ)	信	船便(ふなびん)	船運
航空便(こうくうびん)	航空	書留(かきとめ)	掛號
切手(きって)	郵票	速達(そくたつ)	快遞，快信
合計(ごうけい)	總共	ゆうパック	郵件袋
小包(こづつみ)	包裹	中味(なかみ)	裡面的東西

Chapter 8

到銀行開戶

會話

銀行員：7番の方、お待たせしました。

7號的先生，讓您久等了。

王　：あのう、新規口座を申し込みたいのですが。

嗯！我想開個新戶頭。

銀行員：ありがとうございます。こちらの用紙にお名前とご住所などをご記入ください。

謝謝您。請在這張表格上填寫您的姓名和住址等。

王　：これでいいですか。

這樣可以嗎？

銀行員：はい、ご印鑑をお願いします。

可以的。請給我您的印章。

王　：印鑑ですね。

印章是吧！

銀行員：はい、ご入金はおいくらですか。

是的。您要存多少錢？

王　：3000円お願いします。

3000日圓。

銀行員：こちらが通帳になります。ありがとうございました。

這是您的存摺。謝謝您。

也要記住這種說法

★ 身分証明書をお持ちですか。

您有帶證件嗎？

★ パスポートでもいいですか。

護照可以嗎？

★ キャッシュカードは二種類でございますが、どちらになさいますか。

提款卡有兩種，您要哪一種？

★ こちらをお願いします。

我要這種。

★ キャッシュカードは書留でお送りいたします。

提款卡以掛號郵寄給您。

單字

番（ばん）	號	入金（にゅうきん）	存入
口座（こうざ）	戶頭	通帳（つうちょう）	存摺
新規登録（しんきとうろく）	新開戶	キャッシュカード	提款卡
記入（きにゅう）	填寫	種類（しゅるい）	種類
印鑑（いんかん）	印章	送る（おくる）	寄送

MP3-15

Chapter 9

到圖書館借書

會話

周　：あのう、この本を借りたいんですが。

　　　對不起，我想借這本書。

係員：はじめてですか。

館員：是頭一次嗎？

周　：はい。

　　　是的。

係員：では、お名前とご住所とお電話番号をお書きください。カードを作ります。

館員：那麼，請填寫您的姓名、住址跟電話。幫您做張卡。

周　：これでいいですか。

　　　這樣可以嗎？

係員：はい、少々お待ちください。・・・。はい、こちらが貸し出しカードで、貸し出しは２週間までです。

館員：可以。請稍等。好了。這是借書証。借書期限是兩個星期。

也要記住這種說法

★ ここには何を書きますか。

這裡要填什麼？

★ こちらにはお勤め先を書いてください。

填你工作的地方。

★ すみません、日本文化という本を借りたいのですが。

對不起，我想借一本叫「日本文化」的書。

★ その本はいま、ほかの人が借りています。

那本書現在已被人借走了。

★ 読みたい本がないときは、取り寄せることもできます。

如果沒有您想看的書時，也可以從別的圖書館調來的。

單字

借りる	借	文化	文化
はじめて	頭一次	ほかの人	別人
貸し出し	借出	読む	閱讀
勤め先	工作地方	取り寄せる	調閱

MP3-16

Chapter 10

在學校

會話一、在留學生中心

楊　：ＡＢＣ財団の奨学金は、まだ間に合いますか。

ABC財團的獎學金還來得及申請嗎？

事務員：だいじょうぶです。

來得及的。

楊　：必要な書類は何でしょうか。

需要哪些文件？

事務員：申込書と作文を提出してください。

請提出申請書跟作文。

楊　：わかりました。

好的。

楊　：すみません、授業料減免の申請はどんな書類が必要ですか。

請問，申請學費減免，需要哪些資料？

事務員：申込書と賃貸契約書のコピーが必要です。

需要申請書跟租賃契約書的影印本。

會話二、在教務處

楊　：すみません。在学証明書がほしいんですが。

對不起，我要在學証明書。

事務員：何通ですか。

要幾份？

楊　：三通いただきたいんですが。

請給我三份。

事務員：それでは、この用紙に記入してください。

那麼，請填寫這張表格。

楊　：これでよろしいですか。

這樣可以嗎？

事務員：けっこうです。明日にはできますから、取りに来てください。

可以。明天就可以來拿了。

楊　：はい。

好的。

事務員：手数料（てすうりょう）は３００円（えん）かかります。

手續費要300日圓。

楊　：わかりました。よろしくお願（ねが）いします。

好的。麻煩你了。

學校行政機關名稱

★ 留学生（りゅうがくせい）センター

留學生中心

★ 教務課（きょうむか）

教務處

★ 学生部（がくせいぶ）

學生部

★ 経理課（けいりか）

會計處

★ 広報部（こうほうぶ）

公關處

單字

財団（ざいだん）	財團	作文（さくぶん）	作文
奨学金（しょうがくきん）	獎學金	提出（ていしゅつ）	提出
間（ま）に合（あ）う	來得及	授業料減免（じゅぎょうりょうげんめん）	學費減免
書類（しょるい）	文件，資料	賃貸契約書（ちんたいけいやくしょ）	租賃契約書
申込書（もうしこみしょ）	申請書	コピー	影印

第三篇

交通工具篇

MP3-17

Chapter 1

公車

會話

周　：あのう、すみません。いま、なんて言いましたか。

請問，剛才播放的是什麼站呢？

乗客：駒沢病院って。

駒澤醫院

周　：駒沢郵便局はまだですか。

還沒到駒澤郵局嗎？

乗客：駒沢郵便局ですか。ええと、まだです。

駒澤郵局嗎？嗯……還沒到。

周　：そうですか。じゃあ、すみませんけど、駒沢郵便局で教えてください。

哦，那麻煩您到了駒澤郵局告訴我一下。

乗客：ええ、いいですよ。・・・。次ですよ。

好的。……下一站就是。

周　：ありがとうございます。

謝謝！

也要記住這種說法

★ このバスは渋谷(しぶや)まで行(い)きますか。

這輛公車到澀谷車站嗎？

★ どこでそのバスに乗(の)ればいいですか。

在哪裡搭乘好呢？

★ 着(つ)いたら教(おし)えてください。

到的話，請告訴我一下。

★ バスで何分(なんぷん)ぐらいかかりますか。

坐公車要花幾分鐘？

★ すみません、ここで降(お)ります。

對不起，我要在這裡下車。

單字

なんて	說什麼	次(つぎ)	下（一站）
言(い)う	說	バス	公車
って	說是	どこ	哪裡
まだ	還	着(つ)く	到達
教(おし)える	告訴		

MP3-18

Chapter 2

地下鐵

會話

王　：東京へ行きたいのですが、どうすればいいですか。

我想去東京，要怎麼買票？

站員：お金をこの自動券売機へ入れて。

把錢投入這台自動售票機。

王　：はい。

好的。

站員：東京までの金額を押します。

按到東京的金額。

王　：切符が出てきました。

車票出來了。

站員：それで自動改札口を通って入ってください。

用那張車票過剪票口。

王　：はい。東京行きは何番ホームですか。

是。到東京是第幾月台？

站員：1番(ばん)です。

第一月台。

也要記住這種說法

★ 都営地下鉄線(とえいちかてつせん)の駅(えき)はどこですか。

都營地下鐵線的車站在哪裡？

★ 芝公園(しばこうえん)への出口(でぐち)は何番(なんばん)ですか。

芝公園的出口是幾號？

★ 半蔵門線(はんぞうもんせん)に乗(の)り換(か)えますか。

改搭半藏門線嗎？

★ 乗(の)り越(こ)してしまいました。

坐過站了。

★ 自動精算機(じどうせいさんき)または窓口(まどぐち)で精算(せいさん)してください。

請在自動補票機或窗口補票。

單字

どうすればいい	怎麼辦才好	切符(きっぷ)	車票
自動券売機(じどうけんばいき)	自動售票機	自動改札口(じどうかいさつぐち)	自動剪票口
入(い)れる	投入	何番線(なんばんせん)	幾號月台
金額(きんがく)	金額	地下鉄(ちかてつ)	地下鐵
押(お)す	按	自動精算機(じどうせいさんき)	自動補票機

MP3-19

Chapter 3 坐電車

會話

周　：あのう、すみません、次の電車は駒沢大学駅にとまりますか。

請問，下一輛電車在駒澤大學站停嗎？

站員：駒沢大学駅にはとまりません。

不停。

周　：そうですか。とまりませんか。

是嗎？不停呀。

站員：ええ、各駅停車に乗ってください。

是，請坐慢車。

周　：すみません、この電車は虎ノ門へ行きますか。

請問，這輛電車到虎門嗎？

站員：いいえ、新橋で乗り換えてください。

不到，請在新橋換車。

周　：ありがとうございました。

謝謝。

也要記住這種說法

★ 原宿駅(はらじゅくえき)は何番線(なんばんせん)ですか。

到原宿車站是第幾月台？

★ どこで乗(の)り換(か)えますか。

在哪裡換車？

★ 池袋(いけぶくろ)はここから何番目(なんばんめ)の駅(えき)ですか。

從這裡算起池袋是第幾站？

★ どの駅(えき)で降(お)りればいいのですか。

在哪一站下車呢？

★ ここはどこですか。

這裡是哪裡？

單字

電車(でんしゃ)	電車	で	在
とまる	停止	駅(えき)	車站（電車）
各駅停車(かくえきていしゃ)	慢車	目(め)	第～

第四篇

交際篇

MP3-20

跟隣居打招呼

會話一

王　：おはようございます。

　　　您早啊！

鄰人：おはようございます。

鄰居：您早啊！

王　：いいお天気（てんき）ですね。

　　　天氣真好啊！

鄰人：そうですね。

鄰居：是啊！

王　：こんにちは。

　　　您好。

鄰人：こんにちは。

鄰居：您好。

王　：お出（で）かけですか。

　　　出門嗎？

鄰人：はい、ちょっとそこまで。

鄰居：是的，就上那兒一下。

也要記住這種說法

★ こんばんは。

晚上好。

★ 寒（さむ）くなりましたね。

天氣變冷了。

★ 失礼（しつれい）します。

再見。

★ いってらっしゃい。

路上小心。

★ お休（やす）みなさい。

晚安。

單字

おはよう	早上好	こんばんは	晚上好
天気（てんき）	天氣	寒（さむ）い	寒冷
こんにちは	午安，日安	失礼（しつれい）します	再見
出掛（でか）け	出門	いってらっしゃい	路上小心
ちょっと	一會兒	お休（やす）みなさい	晚安（睡前）

Chapter 2

介紹

會話

王　：初めまして、王と申します。どうぞよろしく。

初次見面，敝姓王，請多指教。

佐藤：佐藤です。こちらこそ、どうぞよろしく。

敝姓佐藤，彼此彼此，請多指教。

王　：佐藤さんは学生ですか。

佐藤小姐是學生嗎？

佐藤：はい、そうです。

是的。

山田：あのう、こちらの方は。

山田：請問，這位是？

王　：紹介します。友人の鈴木さんです。

我來介紹一下，這是我的朋友，鈴木先生。

也要記住這種說法

★ 早稲田大学の王といいます。

我是早稻田大學的小王。

★ アメリカから来たウィリアムズです。

我來自美國，我叫威廉。

★ こちらは林さんです。

這位是林小姐。

★ ご紹介します。指導教官の藤沢先生でいらっしゃいます。

讓我介紹一下，這位是我的指導教授，藤澤老師。

★ 私は楊と申します。名前は淑貞です。

敝姓楊，名叫淑貞。

單字

初めまして	初次見面	紹　介	介紹
申す	叫	いらした	來
よろしく	請多指教	勉　強	學習
こちらこそ	才，才是	上　手	好，高明
学　生	學生	まだまだ	還差得遠

MP3-22

Chapter 3

跟隣居聊天

山中：となりの山中(やまなか)です。初(はじ)めまして、町内会(ちょうないかい)の回覧(かいらん)なんですが。

我是隔壁的山中，初次見面，我來送街道的傳閱板報。

周　：初(はじ)めまして。周(しゅう)です。

初次見面，我姓周。

山中：どうも。これ、回覧板(かいらんばん)です。周(しゅう)さんはどちらから。

你好！這是傳閱板報。周小姐，你是從哪兒來的？

周　：中国(ちゅうごく)から来(き)ました。

從中國來的。

山中：中国(ちゅうごく)ですか。・・・。留学生(りゅうがくせい)。

是中國啊……。你是留學生嗎？

周　：はい、そうです。

是的。

會話二

山中：こんにちは。

你好。

周　：こんにちは。

你好。

山中：何を見てますか。

你在看什麼呢？

周　：これです。これは何ですか。

這個，這是什麼？

山中：これは停電のお知らせです。

這是停電通知。

周　：停電。

停電？

山中：ええ、電気が止まります。木曜日の朝９時から１２時まで。

對，就是沒電了，從星期四的早上9點到12點。

也要記住這種說法

★ いっしょにお茶(ちゃ)でも飲(の)みませんか。

一起喝杯茶好麼？

★ きれいなお庭(にわ)ですね。

真是漂亮的庭院。

★ ちょっと相談(そうだん)したいことがありまして。

我想跟你商量一下。

★ かわいい猫(ねこ)ちゃんですね。お名前(なまえ)は。

好可愛的貓，叫什麼名字？

★ いっしょに買(か)い物(もの)に行(い)きませんか。

要不要一起去買東西？

單字

となり	隔壁	見(み)る	看
町内会(ちょうないかい)	街道居民委員會	停電(ていでん)	停電
回覧板(かいらんばん)	傳閱板報	お知(し)らせ	通知
中国(ちゅうごく)	中國	木曜日(もくようび)	星期四
留学生(りゅうがくせい)	留學生	庭(にわ)	院子

MP3-23

Chapter 4

友人的邀約

中山：来週(らいしゅう)の日曜日(にちようび)、ひまですか。

下星期天有空嗎？

周　：え、どうしてですか。

有，怎麼了？

中山：バーベキューをしようと思(おも)うんですけど。

我想去烤肉。

周　：バーベキューですか。いいですね。ぜひ、行(い)きたいです。

烤肉啊？那太好了！我也很想去。

中山：アリさんは、来(き)ませんか。

阿里小姐呢？你來不來？

アリ：ああ…、日曜日(にちようび)はだめなんです。バイトがありまして、ごめんなさい。

嗯……星期天不行，我得打工，真是抱歉。

中山：ううん、じゃ、また今度。じゃ、周さん、１０時までに来てください。

嗯……那下次吧。那周小姐，請在10點以前來。

周　：はい。楽しみにしています。

好的，真希望那天快點到來。

也要記住這種說法

★ 楽しそうですね、ぜひ仲間に入れてください。

很好玩的樣子嘛，一定要讓我參加！

★ 誘ってくれてありがとう。

謝謝你邀我。

★ 行きたいですけど、ちょっと用事がありまして。

我是很想去，只是有點事。

★ 本当に残念です。

非常遺憾！

★ また誘ってください。

下次要再邀我哦！

單字

来週（らいしゅう）	下星期	バイト	打工
土曜日（どようび）	星期六	今度（こんど）	下次
ひま	閒暇	楽（たの）しみにしている	愉快地期待著
バーベキュー	烤肉	仲間（なかま）	伙伴，同事
ぜひ	一定	誘（さそ）う	邀約

MP3-24

Chapter 5 拜訪友人

周　：ごめんください。

有人在嗎？

友人：いらっしゃい。どうぞ、お上(あ)がりください。

歡迎歡迎，請進！

周　：おじゃまします。すてきなお住(す)まいですね。

打擾了！你家真漂亮呀！

友人：いいえ。紅茶(こうちゃ)でいいですか。それとも、コーヒーの方(ほう)がいいですか。

那裡那裡！你喝紅茶，還是咖啡？

周　：あ、じゃ、紅茶(こうちゃ)を願(ねが)いします。

請給我紅茶吧！

友人：今日(きょう)は周(しゅう)さんの好(す)きな天(てん)ぷらを作(つく)ったんですよ。

今天特地為周小姐做了炸蝦魚呢。

周　：ありがとうございます。おいしそうですね。いただきます。

太謝謝了，很好吃的樣子，那我就不客氣了。

也要記住這種說法

★ すてきなお宅（たく）ですね。

真是漂亮的家。

★ ごちそうさまでした。

吃飽了，謝謝你的款待。

★ そろそろ失礼（しつれい）します。

我該告辭了。

★ 遠慮（えんりょ）しないでたくさん食（た）べてください。

不要客氣多吃點兒吧！

★ おじゃましました。

打擾你了（告辭時）。

單字

ごめんください	有人在嗎	それとも	還是
あがる	上來，進來	ほうがいい	還是……好
おじゃまします	打擾了	おいしそう	很好吃的樣子
すてき	漂亮	いただきます	我就不客氣了
お住（す）まい	住居	そろそろ	差不多

MP3-25

Chapter 6

一起做菜

大家：鶏肉は一口大に切って、塩、酒でつけてください。

雞肉切一口大小，再調上鹽，酒。

周　：一口大ですね。

一口大小是吧。

大家：ええ、それから豆苗は５ミリぐらいに切ってください。

對，然後豆苗切5毫左右長。

周　：５ミリぐらいですね。

5毫左右是吧。

大家：ええ、用意できましたか。

對。準備好了嗎？

周　：はい。

好了。

大家：肉(にく)を炒(いた)めたあとで、豆苗(とうみょう)を加(くわ)えて、さっと炒(いた)めてください。

肉炒過後加上豆苗，要快炒。

周　：わあ、いいにおい。

哇，好香！

也要記住這種說法

★ 柔(やわ)らかくなるまで煮(に)る。

煮到軟。

★ 油(あぶら)で揚(あ)げる。

用油炸。

★ 弱火(よわび)で三分(さんぷん)くらい焼(や)く。

小火烤三分左右。

★ よく混(ま)ぜてください。

好好地攪拌。

★ 皮(かわ)をむいてください。

請幫我剝皮。

豚肉	豬肉	用意	準備
一口大	一口大小	炒める	炒
塩	鹽巴	加える	加上
酒	酒	さっと	迅速，一下子
ミリ	毫米	やわらかい	軟，嫩

MP3-26

Chapter 7 找友人商量事情

林　：あのう、実(じつ)は、妻(つま)が妊娠(にんしん)したんです。

怎麼說呢，事情是這樣的，我太太懷孕了。

友人：あ、おめでとう。よかったですね。

那恭喜恭喜，太好了。

林　：ええ、ありがとう。

謝謝。

友人：母子手帳(ぼしてちょう)はもらいましたか。

母子健康手冊你領了嗎？

林　：ぼして…。

母子……？

友人：保健所(ほけんじょ)でくれるのよ。早(はや)く行(い)った方(ほう)がいいですよ。

衛生所會給的，你最好快去拿。

林　：わかりました。ありがとう。

我知道了。謝謝你。

也要記住這種說法

★ ちょっと困（こま）ってるんです。

我有困難。

★ ちょっと相談（そうだん）したいことがあるんですが。

我想跟你商量。

★ 隣（となり）の人（ひと）がすごくうるさいです。

隔壁鄰居好吵。

★ 男（おとこ）の人（ひと）に尾行（びこう）されたんです。

被一個男人跟蹤了。

★ 無言電話（むごんでんわ）がよくかかるんです。

常接到不講話的電話。

單字

実（じつ）	說實在	保健所（ほけんじょ）	衛生所
妻（つま）	妻子	困（こま）る	為難，煩惱
妊娠（にんしん）	懷孕	相談（そうだん）	商量
おめでとう	恭喜	尾行（びこう）	跟蹤
母子手帳（ぼしてちょう）	母子健康手冊	無言電話（むごんでんわ）	不講話的電話

MP3-27

Chapter 8 打電話(1)

會話

王　：もしもし、王（おう）です。酒井（さかい）さんをお願（ねが）いします。

喂！我姓王，酒井小姐在家嗎？

酒井の母：すみません、ただいま外出（がいしゅつ）しています。

對不起，她剛出去。

王　：いつ戻（もど）られるかわかりますか。

您知道她什麼時候回來嗎？

酒井の母：はっきりとは分（わ）かりませんが。3時（さんじ）ごろには戻（もど）ると思（おも）います。

我不很確定。大概3點左右回來。

王　：そうですか、また後（あと）でかけ直（なお）します。

是嗎？那麼過後我再打。

酒井の母：よろしくお願（ねが）いします。

麻煩您了。

王　：失礼（しつれい）します。

打攪了。

也要記住這種說法

★ 留守(るす)です。

不在家。

★ 今(いま)出掛(でか)けています。

現在外出。

★ 何時(なんじ)ごろお帰(かえ)りになるんでしょう。

什麼時候回來？

★ まもなく戻(もど)るはずです。

應該就快回來了。

★ 5時(ごじ)にかけ直(なお)してもいいでしょうか。

5點再打一次方便嗎？

單字

ただいま	現在	はっきり	明確
外出(がいしゅつ)する	外出	頃(ころ)	左右
いつ	什麼時候	かけ直(なお)す	再打（電話）
戻(もど)られる	回來（敬語）	失礼(しつれい)します	再見，打擾了
わかる	知道	留守(るす)	不在家，外出

MP3-28

Chapter 9 打電話(2)

會話

李　：もしもし。一橋大学の李と申します。山本洋一さんはいらっしゃいますか。

喂！我是一橋大學的李。請問山本洋一先生在嗎？

山本の姉：はい。少々お待ちください。

在。請稍等一下。

山本：もしもし。山本です。

喂！我是山本。

李　：山本さん、こんにちは。李です。お元気ですか。

山本先生，你好，我是小李。最近好嗎？

山本：元気ですよ。あなたは。

好啊！你呢？

李　：僕も元気ですよ。実は、新しいCDプレイヤーについて教えてもらいたいと思って電話したんです。

我也很好。實際上是這樣的，我想跟你請教有關CD唱盤之事，所以打電話給你。

山本：わかりました。カタログをファックスしましょうか。

沒問題，我傳型錄給你好了。

李　：ありがとう。助（たす）かります。

謝謝。謝謝你的幫助忙。

也要記住這種說法

★ おります、ちょっとお待（ま）ちください。

在。請稍等一下。

★ どなた様（さま）ですか。

請問哪位？

★ もう一回（いっかい）言（い）ってください。

請您再說一遍。

★ お電話（でんわ）代（か）わりました。浅野（あさの）です。

您好，我是淺野。

★ では、失礼（しつれい）します。

打攪了。

單字

いらっしゃる	在（敬語）	カタログ	型錄
元気（げんき）	精神，健康	ファックス	傳真
新しい（あたらしい）	新的	助かる（たすかる）	得到幫助
プレイヤー	電唱機	おる	在（謙讓語）
電話する（でんわする）	（打）電話	お電話代わりました（でんわかわりました）	我是（本人接電話）

MP3-29

Chapter 10 打電話(3)

會話

渡辺の父：もしもし。

喂！

李　：渡辺さんのお宅ですか。

是渡邊先生家嗎？

渡辺の父：ええ。どちらさまですか。

是的。您哪位？

李　：一橋の李です。太郎さんはいらっしゃいますか。

我是一橋大學的小李。請問太郎在家嗎？

渡辺の父：今、家にはいないのですが。メッセージはありますか。

他人現在不在家。要我傳話嗎？

李　：急ぎの用ではないのです。帰ったら電話をくれるよう、お伝えください。

並不很急。那請您告訴他，回來後給我電話。

渡辺の父：はい。太郎（たろう）はあなたの電話番号（でんわばんごう）を知（し）っていますか。

好的。太郎知道你的電話嗎？

李　：そう思（おも）いますが、念（ねん）のため申（もう）し上（あ）げます。

應該知道，為了安全起見我再重複一次。

渡辺の父：どうぞ。

請說。

也要記住這種說法

★ 伝言（でんごん）をお願（ねが）いできますか。

可以幫我傳話嗎？

★ 明日（あした）のゼミは休講（きゅうこう）とお伝（つた）えください。

請幫我轉告明天課堂討論停課。

★ 待（ま）ち合（あ）わせ場所（ばしょ）は学校（がっこう）の正門前（せいもんまえ）に決（き）めましたとお伝（つた）えください。

請幫我轉告，集合地點決定在學校的正門前。

★ 電話（でんわ）は０３の２３４５の６７８９です。

電話是03-2345-6789。

★ どうぞよろしくお願（ねが）いします。

麻煩您了。

單字

お宅（たく）	府上	急ぎ（いそぎ）	緊急
どちら様（さま）	您哪位	くれる	給我
家（いえ）	家	伝える（つたえる）	轉告，告訴
いない	不在	念のため（ねんのため）	為安全起見
メッセージ	留言	伝言（でんごん）	傳話，口信

MP3-30

Chapter 10

跟友人談天(1)

王　：これが僕（ぼく）の新（あたら）しい携帯電話（けいたいでんわ）ですよ。

這是我的新手機。

伊藤：かっこいい。番号（ばんごう）は何番（なんばん）ですか。

好帥哦！手機是幾號呢？

王　：０９０の１２３４の５６７８ですよ。

是090-1234-5678。

伊藤：０…９…９。

0…9…9…。

王　：ううん、０…９…０ですよ。

不是，是0…9…0…。

伊藤：携帯（けいたい）の番号（ばんごう）は長（なが）いですね。

手機的號碼還挺長的。

會話二

雅子：日曜日のEメールありがとう。

謝謝你星期天的電子郵件。

謝　：届きましたか。

你收到了嗎？

雅子：ええ、おもしろかったわ。あれは合成写真ですか。

收到了。真是有趣。那是合成照片嗎？

謝　：そうです。僕が作ったんです。

是呀！是我做的。

雅子：でもいくらなんでも、顔がおじさんで、体がスーパモデルなんて。

可是，即使是這樣，也不能把老先生的頭配上超級模特兒的身材呀！

謝　：なんなら、雅子さんにも作ってあげましょうか。

你要不平的話。那我也幫你做好了。

雅子：いやですよ。そんな、でもつくって…。

才不要呢！可是還是幫我做一個…。

也要記住這種說法

★ 携帯電話(けいたいでんわ)の番号(ばんごう)を教(おし)えてください。

請告訴我你的手機號碼。

★ いま、いいですか。

現在方便講話嗎？

★ Eメールのアドレスを教(おし)えてください。

請告訴我你的網址。

★ ファイルが開(ひら)けません。

檔案打不開。

★ プロバイダーに接続(せつぞく)しています。

正與網路中繼站連線中。

單字

かっこいい	真棒，真帥，漂亮	体(からだ)	身體
長(なが)い	長	スーパモデル	超級模特兒
すぎる	太過	アドレス	住址
おもしろい	有趣	ファイル	檔案
合成写真(ごうせいしゃしん)	合成照片	プロバイダー	網路中繼站

MP3-31

Chapter 12

跟友人談天(2)

會話一

伊藤：林さん、CDは何枚持っていますか。

小林，你有幾張CD？

林　：大体２０枚ぐらい。あなたは。

大概20張左右吧！你呢？

伊藤：ええと、大体１０枚ぐらいでしょう。

嗯！大概10張左右。

林　：あなた、出たばかりのKIKIのCD持っています。

你有KIKI剛出的CD嗎？

伊藤：はい。林さんは。

有啊！小林你呢？

林　：ええ、持ってます、聞きましょうか。

我也有。我們來聽吧！

會話二

小林：コンサートのチケットが2枚あるんですが、行きませんか。

我有兩張演唱會的票，一起去吧？

楊　：クラシックですか。

是古典的嗎？

小林：はい、モーツァルトの作品です。

對！是莫札特的作品。

楊　：私、大好きです。行きたいです。

我很喜歡。我想去。

小林：じゃあ、6時に図書館で待ち合わせましょう。

那，六點在圖書館集合。

楊　：立派なホールですね。

好壯觀的會場。

小林：最近建てられたばかりです。

最近才蓋的。

楊　：そうですか。

是嗎？

也要記住這種說法

★ UUの新しいCDを買ったんです。

我買了UU的新CD。

★ いい曲ですね。

好美的曲子。

★ KIKIのコンサートのチケットをもらいました。

我拿到了kiki的演唱會入場券。

★ UUにファンレターを送ったんです。

我寫了歌迷信給UU。

★ いっしょに映画を見に行きませんか。

一起去看電影如何？

單字

大体	大概	作品	作品
ばかり	剛，才	待ち合わせる	集合，等候會面
コンサート	演唱會，音樂會	立派	壯觀、美觀
チケット	入場券	建てられた	建、蓋
クラシック	古典的	ファンレター	影、歌迷信

MP3-32

Chapter 13 跟友人談天(3)

會話

楊　：小林さんは、どんなスポーツをしますか。

小林，你都做些什麼運動？

小林：夏はテニス、冬はスキーをします。楊さんは？

我夏天打網球，冬天滑雪。小楊呢？

楊　：私は水泳が好きです。

我喜歡游泳。

小林：じゃあ今度、プールに泳ぎに行きましょうか。

那下次一起到游泳池游泳吧！

楊　：行きましょう。楽しみにしています。

好，太棒了。

楊　：私は相撲を見るのが好きです。

我喜歡看力士角力比賽。

小林：私は、野球の方がおもしろいと思います。

我覺得棒球比較有趣。

楊　：野球は、台湾でも盛んですよ。

台灣也盛行棒球。

小林：そうですか。一度見に行きたいなあ。

是嗎？真想去看看。

也要記住這種說法

★ 今度の日曜日、ボウリングに行きませんか。

這個星期天，要不要去打保齡球？

★ 私のストレス解消法はジョギングです。

我消除壓力的方法是慢跑。

★ 私はスポーツ音痴です。

我不擅長運動。

★ 日本のサラリーマンは昼休みによく運動しますね。

日本的上班族中午經常做運動。

★ 中学生（ちゅうがくせい）のころ、バレーボール部（ぶ）でした。

中學時，我是排球隊員。

單字

スポーツ	運動	相撲（すもう）	力士角力比賽
テニス	網球	野球（やきゅう）	棒球
スキー	滑雪	盛（さか）ん	盛行
プール	游泳池	一度（いちど）	一次
泳（およ）ぎ	游泳	ストレス	壓力

MP3-33

Chapter 14

上PUB

會話

小林：とりあえず、ビールにしようか。

首先來個啤酒吧！

楊　：ええ、食べ物は何を取りましょうか。

好，叫什麼吃的？

佐藤：唐揚げ、サラダ、それからチーズ。

炸雞塊、沙拉跟起司。

小川：私は飲めないから、ウーロン茶をください。

我不會喝酒，給我烏龍茶。

小林：じゃあ、みんなお疲れさまでした。かんぱーい。

來，大家辛苦了。乾一杯。

全員：かんぱーい。

乾杯。

楊　：やっと試験が終わりましたね。

考試終於結束了。

佐藤：今日は、大いに飲みましょう。

今天要好好喝他一下。

也要記住這種說法

★ お勧（すす）めメニューはどれですか。

哪一道是今天的推薦菜。

★ ビールはキリンとアサヒがあります。

啤酒有麒麟跟朝日的。

★ 日本酒（にほんしゅ）と梅（うめ）サワーが来（き）ましたよ。

日本酒跟烏梅酒來了。

★ 熱燗（あつかん）を追加（ついか）してください。

我要追加溫酒。

★ ラストオーダーですが、ご注文（ちゅうもん）ありますか。

這是最後叫菜，要再點東西嗎？

單字

とりあえず	首先	終（お）わる	結束
取（と）る	叫	大（おお）いに	大量地
お疲（つか）れさま	辛苦了	熱燗（あつかん）	燙熱（的酒）
かんぱい	乾杯	追加（ついか）	追加、補叫
試験（しけん）	考試	ラストオーダー	最後點菜

MP3-34

Chapter 15

上卡拉OK

小林：さあ、最初に歌うのは誰。

來，誰最先唱？

田中：ぼくに歌わせて。「北国の春」にしようか。

讓我先唱，就唱「北國之春」吧。

佐藤：待ってました。

就等你這首。

楊　：田中さんは、歌がうまいなあ。

田中歌唱得挺好的嘛。

小林：このカラオケは、中国語の歌もあるよ。

這家卡拉OK也有中國歌呢。

佐藤：じゃあ、次は楊さんに歌ってもらおう。

那，下首就叫小楊唱了。

楊　：私はいいよ。

我不用啦。

小林：だめだめ、中国語（ちゅうごくご）の歌（うた）を歌（うた）ってよ。

不行不行，要唱國語歌。

也要記住這種說法

★ キーを少（すこ）し上（あ）げてください。

調子在高一些。

★ アンコール。

再來一首。

★ デュエットしましょうよ。

我們來合唱吧！

★ 音痴（おんち）。

五音不全。

★ １８番（ばん）。

拿手曲子。

單字

最初（さいしょ）	最先	カラオケ	卡拉OK
歌（うた）う	唱歌	だめ	不行
誰（だれ）	誰	キー	（樂）調
歌（うた）わせて	讓我唱	アンコール	再來一首
うまい	好聽	デュエット	合唱

MP3-35

Chapter 16

上迪士可

會話

小林：あの子、かわいいから誘ってみようか。

那女孩挺可愛的，去邀邀看。

楊　：ぼくは、こっちの方がいいな。

我覺得這邊的比較漂亮。

楊　：あのう、いっしょに踊りませんか。

請問，可以一起跳個舞嗎？

女の子：いいわよ。

好呀！

楊　：君は、学生？

你是學生？

女の子：うん。あなたは？

嗯，你呢？

楊　：僕は、留学生。台湾から来たんだ。

我是留學生，從台灣來的。

女の子：へえ、そうなんだ。日本語上手（にほんごじょうず）ねえ。

啊！是嗎？日語說得真好。

楊　：ありがとう。

謝謝。

女の子：ダンスも上手（じょうず）よ。

舞也跳得挺好的。

也要記住這種說法

★ 一番人気（いちばんにんき）のあるディスコはどこですか。

最有名的迪士可舞廳在哪裡？

★ 女性（じょせい）は１５００円（えん）で、男性（だんせい）は２０００円（えん）です。

女性是1500日圓，男性是2000日圓。

★ 踊（おど）りが上手（じょうず）ね。

你跳得真好！

★ DJかっこいいね。

DJ好帥！

★ 君（きみ）はすごくすてきだ。

你真美。

單字

かわいい	可愛	一番（いちばん）	最、第一
こっち	這邊	人気（にんき）	受歡迎
いっしょに	一起	ディスコ	迪士可
踊る（おどる）	跳舞	君（きみ）	你
ダンス	舞	すてき	真美

MP3-36

Chapter 17 看電影

會話

楊　：どうしてこんなにたくさんの人が、並んでいるんでしょう。

為什麼排了這麼多人？

小林：人気のある映画をやっているんですよ。

因為受歡迎的片子正上映著。

楊　：小林さんはどんな映画が好きですか。

林喜歡什麼樣的電影？

小林：アクション映画とか、ホラー映画とかが好きです。

我喜歡動作片跟恐怖片。

楊　：私は、ラブ・ストーリーの方がいいですね。

我比較喜歡愛情片。

楊　：学生一枚、お願いします。

請給我學生票一張。

窓口の人：学生証を見せてください。

請讓我看一下學生證。

楊　：はい。

好。

窓口の人：入り口は、エレベーターに乗って三階になります。

入口在三樓，請坐電梯。

楊　：ありがとう。

謝謝。

也要記住這種說法

★ いっしょに映画でもに行きませんか。

一起看個電影如何？

★ ミステリー映画が大好きです。

我很喜歡推理片。

★ ホラー映画は嫌いです。

我討厭恐怖片。

★ ああ、感動しました。

啊！真令人感動。

★ 映画っていいですね。

電影真是好！

單字

たくさん	很多	一枚	一張
並ぶ	排隊	入り口	入口
やる	做、幹	エレベーター	電梯
アクション	動作片	三階	三樓
ホラー	恐怖片	ミステリー	推理片
ラブ．ストーリー	愛情片		

MP3-37

Chapter 18

節慶

會話

小林：おや、お祭りをやっていますね。

啊呀！有廟會呢。

楊　：ほんとうだ。お店がたくさん出ていますね。

是呀，還有好多小攤子。

小林：金魚すくいに、輪投げ、それからわたあめもありますね。

有撈金魚、投環還有棉花糖。

楊　：あの音楽は、何ですか。

那是什麼音樂？

小林：盆踊りをやっているんですよ。

那是在跳盂蘭盆會民間舞。

楊　：盆踊りはむずかしいですか。

很難嗎？

小林：簡単です。みんなのまねをすればいいんですから。

很簡單，只要模仿他們的動作就行了。

楊　：私も踊ってみたいです。

我也想跳。

小林：じゃあ、行きましょう。

那，一起去跳吧！

也要記住這種說法

★ 日本はどんなお祭りがありますか。

日本有什麼節慶？

★ ひな祭りには女の子のお祭りです。

女兒節是女孩的節慶。

★ ひな祭りにはひな人形を飾ります。

女兒節要陳飾古裝偶人。

★ 端午の節句は男の子のお祭りです。

端午節是男孩的節慶。

★ 端午の節句は鯉のぼりをあげるんです。

端午節要掛鯉魚旗。

單字

お祭(まつ)り	節慶、廟會、祭典	盆踊(ぼんおど)り	盂蘭盆會民間舞
ほんとう	真的	むずかしい	困難
店(みせ)	小攤子、商店	まね	模仿
金魚(きんぎょ)すくい	撈金魚	ひな祭(まつ)り	女兒節
輪投(わな)げ	投環	端午(たんご)の節句(せっく)	端午節
わたあめ	棉花糖		

MP3-38

佐藤：お風呂とシャワーとどっちが好きですか。

盆浴跟淋浴，你喜歡哪樣？

王　：両方好きです。

都喜歡。

佐藤：今度いっしょに駅前の銭湯へ行きませんか。

下次一起到車站前的澡堂泡泡，怎麼樣？

王　：いいですね。

好呀！

佐藤：明るくて広くて、サウナもあります。温泉みたいですよ。

公共澡堂又明亮又寬敞，還有三溫暖，像洗溫泉似的。

王　：料金はいくらですか。

要多少錢？

佐藤：たった３７０円です。

只要370日圓。

王　：じゃあ、今度行くとき誘ってください。

那太好了，下次去時叫我一聲。

也要記住這種說法

★ ここは男湯で、そこは女湯です。

這裡是男生澡堂，那裡是女生澡堂。

★ 衣類などはコインロッカーに預けてください。

衣服等請放在投幣保管箱裡。

★ すっぽんぽんで入ってください。

請脫光衣服進去。

★ いいお湯ですね。

這澡水真好。

★ 肌がつるつるになりました。

皮膚變得滑溜溜的。

單字

風呂	盆浴	明るい	明亮
シャワー	淋浴	広い	寬敞
両方	兩個	サウナ	三溫暖
駅前	車站前	温泉	溫泉
銭湯	澡堂	料金	費用

MP3-39

Chapter 20 結婚

會話一

周　：友達の結婚式に招待されているんですが、お祝いは、どうしたらいいですか。

朋友邀請我參加他的婚禮。送什麼好呢？

大家：何かあげてもいいし、お金でもいいですよ。

可以送禮品，也可以送錢。

周　：いつあげるんですか。

什麼時候送呢？

大家：お金なら、式の日に受付に持っていきます。品物なら、式の前に渡した方がいいですね。

送錢的話，當天帶去交給負責代收賀禮的人。送禮品的話，最好在舉行儀式前送。

周　：お金はそのまま渡しますか。

錢直接給嗎？

大家：いえ、祝儀袋に入れて、渡します。

不，裝在喜袋裡再給。

會話二

小林：来月、結婚することになりました。

下個月，我要結婚了。

楊　：それはおめでとうございます。

那太恭喜了。

小林：教会で式を挙げるので、是非来てください。

我要在教會舉行，請務必參加。

楊　：喜んで伺います。

我一定參加。

楊　：友達の結婚式に行くことになりました。

我要去參加朋友的結婚典禮。

山田：そうですか。それは楽しみですね。

是嗎。挺好的嗎。

楊　：何を着ていったらいいでしょう。

穿什麼好呢？

山田：ジャケットかスーツがいいでしょう。

短上衣或西裝就可以了。

也要記住這種說法

★ ご結婚、おめでとうございます。

結婚，恭喜恭喜。

★ お招きいただき、ありがとうございます。

謝謝你的邀請。

★ おめでとうございます。お幸せに。

恭喜恭喜。祝你幸福！

★ お似合いのカップルですね。

真是郎才女貌。

★ 本日はおめでとうございます。

今天真是恭喜。

結婚式	結婚典禮	渡す	給、遞
招待する	邀請	祝儀袋	喜袋
挙げる	舉行	ジャケット	短上衣
受付	受理，接待	スーツ	西裝
品物	物品、東西	お幸せに	祝你幸福

MP3-40

Chapter 21

探病

會話

周　：アリさんがけがをして、入院したんです。

阿里受傷住院了。

友人：本当、大変ですね。

真的，真可憐啊！

周　：ええ、でも、もう大丈夫だそうです。今から、お見舞いに行くんです。

是啊，不過聽說已經不要緊了。我現在要去看他。

友人：面会時間は、何時までですか。

會面時間到幾點？

周　：え、面会時間って、何ですか。

什麼？什麼是會面時間呀！

友人：お見舞いに行ってもいい時間のことですよ。

就是可以去會面的時間。

周　：あ、それは知らなかったです。

啊！我不知道。

也要記住這種說法

★ 具合、いかがですか。

情況如何？

★ 思いもよらない災難で、大変なことでしたね。

遇到這意外的災難，一定很苦吧！

★ 無理しないで、ゆっくり休んでください。

不要太勉強，請好好的休息。

★ くれぐれもお大事に。

請您多多保重。

★ どうぞお大事に。

請多保重。

單字

けが	受傷	面会	會面時間
入院する	住院	具合	狀況；情形
大変	可憐；辛苦	思いもよらない	預料之外
そう	聽說	ゆっくり	慢慢地
見舞い	探病	くれぐれ	懇切地

MEMO

羅馬不是一天造成的。

第五篇

購物、上理容院篇

MP3-41

Chapter 1 買日常用品

會話

店員：何(なに)かお探(さが)しですか。

您找什麼商品？

周　：あのう、ええと、大(おお)きいスプーンのようなものなんですが。

嗯…樣大調羹一樣的東西。

店員：大(おお)きいスプーンとおっしゃるのは、これでございますが。

您說的大調羹，在這邊。

周　：いえ、スープを、こうして…。

不是這個，是這樣舀湯的…。

店員：ああ、おたまですね。こちらにございます。

哦，是勺子吧？那在這邊。

周　：あ、それです。ひとつください。

啊！是的。請給我一個。

店員：ありがとうございました。

謝謝您。

 也要記住這種說法

★ 枕(まくら)ひとつください。

請給我一個枕頭。

★ このベッドはおいくらですか。

這張床多少錢？

★ 机(つくえ)がほしいんですが。

我要買桌子。

★ コップいりますか。

需要杯子嗎？

★ 配送料(はいそうりょう)は別(べつ)ですか。

運費另外算嗎？

 單字

探(さが)す	找	枕(まくら)	枕頭
大(おお)きい	大的	ベッド	床
スプーン	調羹	机(つくえ)	桌子
よう	像	コップ	杯子
おたま	勺子	配送料(はいそうりょう)	運費

MP3-42

Chapter 2

買電器

會話

王　：すみません、テレビがほしいんですが。

請問，有電視嗎？

店員：はい、どういったのがよろしいですか。

有的，要什麼樣的？

王　：１５インチぐらいのがいいですが。

15吋左右的就可以了。

店員：ご予算はいくらでしょうか。

您預算多少？

王　：２５０００円ぐらい何ですが。

25000日圓左右的。

店員：それでしたら、これはいかがでしょう。

那，這個如何？

王　：いいですね。割引はありますか。

很不錯嘛！有打折嗎？

店員：割引はありませんが、配送料はサービスいたします。

沒有打折，但運費算你免費啦！

王　：じゃあ、それにします。

那，給我那個。

也要記住這種說法

★ ほかのメーカーのものも見せてください。

讓我看看別的品牌。

★ 使い方を説明してください。

請說明一下使用方法。

★ どんな機能がありますか。

有什麼功能？

★ 持ち帰りだと安くなりますか。

自己帶回去的話，可以便宜些嗎？

★ 配送料はいくらですか。

運費要多少錢？

單字

ほしい	想要	メーカー	品牌
インチ	英吋	使（つか）い方（かた）	使用方法
ぐらい	左右	機能（きのう）	功能
割引（わりびき）	打折	持（も）ち帰（かえ）り	自行帶回去
サービス	免費		

MP3-43

Chapter 3

買蔬菜水果

會話

周　：すみません、これ、いくらですか。

請問，這個多少錢？

店員：ああ、バナナ、一皿（ひとさら）２５０円（えん）。

啊，香蕉啊，香蕉一盤250日圓。

周　：じゃあ、一皿（ひとさら）ください。それから、あれください。

那我要一盤。另外，我還要那個。

店員：え、どれ。

哪個？

周　：あれ。

那個。

店員：ああ、白菜（はくさい）。白菜（はくさい）２００円（えん）、全部（ぜんぶ）で４５０。

啊，白菜。白菜200日圓，總共450日圓。

周　：あのう、これは何（なん）というのですか。

請問，這個怎麼說？

店員：白菜（はくさい）だよ。

白菜。

也要記住這種說法

★ キュウリはありますか。

有小黃瓜嗎？

★ 大根（だいこん）をください。

請給我白蘿蔔。

★ 人参（にんじん）はおいくらですか。

紅蘿蔔多少錢？

★ 試食（ししょく）してもいいですか。

可以試吃嗎？

★ このミカンはおいしいですね。

這個橘子很好吃。

單字

これ	這個	キュウリ	小黃瓜
バナナ	香蕉	大根（だいこん）	白蘿蔔
一皿（ひとさら）	一盤	試食（ししょく）	試吃
白菜（はくさい）	白菜	ミカン	橘子
全部（ぜんぶ）	總共	おいしい	好吃

MP3-44

Chapter 4 買衣服

會話

店員：いらっしゃいませ。何(なに)かお探(さが)しですか。

歡迎光臨。您需要什麼？

周　：ええ、あそこのブラウスを見(み)せてください。

請給我看一下那件女襯衫。

店員：かしこまりました。はい、どうぞ。

好的，請。

周　：試着(しちゃく)してもいいですか。

可以試穿嗎？

店員：はい、どうぞ。試着室(しちゃくしつ)はすぐそこの左側(ひだりがわ)です。…いかがですか。よくお似合(にあ)いですよ。

可以。試穿室就在那裡的左邊。…覺得怎麼樣？很合適嘛。

周　：いろはいいんですが、ここがちょっと…、また来(き)ます。

顏色是不錯。可是這裡有些…。我會再來。

也要記住這種說法

★ 見(み)てもいいですか。

可以看嗎？

★ 色違(いろちが)いはありますか。

有不同顏色的嗎？

★ 少(すこ)し大(おお)きいと思(おも)います。

我覺得太大了一點。

★ Mサイズはありますか。

有M號的嗎？

★ 見(み)ているだけなんです。

我只是看看而已。

單字

いらっしゃいませ	歡迎光臨	似合(にあ)う	合適
あそこ	那裡	てもいい	可以…嗎
ブラウス	女襯衫	色違(いろちが)い	不同顏色
試着(しちゃく)	試穿	サイズ	尺寸
試着室(しちゃくしつ)	試穿室	だけ	只是

Chapter 5 買靴子

會話

周　：黒のパンプスがほしいのですが。

我要黑色的女用皮鞋。

店員：パンプスはあちらになります。

女用皮鞋在那一邊。

周　：これをはいてみてもいいですか。

這雙可以穿穿看嗎？

店員：どうぞ。

請。

周　：少し小さいです。

稍微小了一些。

店員：ワンサイズ大きいものをお持ちいたしましょうか。

給您拿大一號的來吧！

周　：お願いします。

麻煩你了。

店員：これはいかがですか

這雙怎麼樣？

周　：ちょうどいいです。これをください。

剛剛好。給我這雙。

也要記住這種說法

★ 靴が一足ほしいんですが。

我想買一雙皮鞋。

★ 黒い靴がほしいんですが。

我想買黑皮鞋。

★ 茶色のはありますか。

有咖啡色的嗎？

★ サイズは２４です。

尺寸是24號。

★ デザインの似ているものはありますか。

有款式類似的嗎？

單字

パンプス	女用皮鞋	持つ	拿
あちら	那邊	いかが	如何
はく	穿	靴	鞋子
てみる	…看看	一足	一雙
小さい	小的	デザイン	設計，款式

Chapter 6

買禮物

會話

王　：あのう、お土産がほしいんですが。

嗯，我想買禮物。

店員：この招き猫はいかがでしょう。

這隻招財貓如何？

王　：これ、手に取ってみてもいいですか。

這個可以拿看看嗎？

店員：いいですよ。

可以呀！

王　：おいくらですか。

多少錢？

店員：１５００円です。

1500日圓。

王　：ちょっと高いですね。もっと安いのはありますか。

稍微貴了點。有更便宜的嗎？

店員：そうですね…これはどうでしょう。

這個嘛…這個怎麼樣？

王　：あっ、これがいい、これにします。

啊！這個好，就給我這個。

也要記住這種說法

★ お土産は何がいいですか。

禮物什麼比較好呢？

★ 絵はがきを十枚ください。

請給我十張風景明信片。

★ 日本人形はありますか。

有日本娃娃嗎？

★ これを三つください。

請給我三個這個。

★ 贈り物用に包んでもらえますか。

可以幫我包成送禮用的嗎？

單字

お土産（みやげ）	禮物	十枚（じゅうまい）	十張
招き猫（まねねこ）	招財貓	人形（にんぎょう）	娃娃
高い（たか）	貴	贈り物（おくもの）	贈品
安い（やす）	便宜	用（よう）	用途、用處
絵はがき（え）	風景明信片	包む（つつ）	包裝

MP3-47

Chapter 7

付款

王　：これをください。

給我這個。

店員：ありがとうございます。

謝謝您。

王　：全部でいくらですか。

一共多少錢？

店員：３５０００円になります。

35000日圓。

王　：支払いはVISAカードでいいですか。

可以刷VISA卡嗎？

店員：はい。結構です。

可以。

王　：贈り物用に包んでもらいたいのですが。

我要送人的請你包裝一下。

店員：かしこまりました。

好的。

也要記住這種說法

★ 現金(げんきん)でお願(ねが)いします。

用現金。

★ 六回払(ろっかいばら)いでお願(ねが)いします。

麻煩我分六次付。

★ マスターカードでお願(ねが)いします。

我用Master卡。

★ ここにサインをしてください。

請在這裡簽名。

★ 領収書(りょうしゅうしょ)をお願(ねが)いします。

麻煩給我收據。

單字

いくら	多少錢？	六回(ろっかい)	六次
支払(しはら)い	支付	～払(ばら)い	付～
カード	信用卡	サイン	簽名
現金(げんきん)	現金	領収書(りょうしゅうしょ)	收據

Chapter 8

買書

會話

王　：あのう、この本(ほん)は置(お)いてありますか。

對不起，你有這本書嗎？

店員：調(しら)べますので、少々(しょうしょう)お待(ま)ちください。

請稍等一下，我看看。

王　：どうですか。

怎麼樣？

店員：今(いま)、この本(ほん)は売(う)り切(き)れていますね。

這本書已經賣完了。

王　：注文(ちゅうもん)すると、何日(なんにち)かかりますか。

訂購的話，要花幾天？

店員：約一週間(やくいっしゅうかん)です。

大概一星期左右。

王　：じゃ、お願(ねが)いします。

那麻煩你了。

也要記住這種說法

★ どんな本をお探しでしょうか。

您找什麼書？

★ すみません、辞書はどこに置いてありますか。

請問，辭典放哪裡？

★ 「世界文学」という雑誌はありますか。

有「世界文學」這本雜誌嗎？

★ 届きましたら、こちらからご連絡いたします。

書送到了，我們再跟您聯絡。

★ 支払いはカードでいいですか。

可以刷卡嗎？

單字

あのう	請問	ので	因為
この	這（本）	少々	一會兒
本	書	売り切れる	賣完了
置く	放置	注文	訂購
調べる	查	一週間	一個禮拜

 MP3-49

Chapter 9

在月台上的小商店買東西

會話

王　：読売新聞を一部ください。

請給我一份讀賣新聞。

店員：はい、どうぞ。他には。

好的，請。還需要些什麼？

王　：えっと、コーラを一本ください。全部でいくらですか。

嗯，一瓶可樂。總共多少錢？

店員：３００円になります。ありがとうございました。

300日圓。謝謝。

王　：これがほしいのですが。おいくらですか。

我要這個，多少錢？

店員：１００円（えん）です。

100日圓。

王　：じゃ、これください。

那，給我這個。

店員：はい、４００円（えん）のお釣（つ）りです。ありがとうございました。

來！找您400日圓。謝謝。

也要記住這種說法

★ タバコを一（ひと）はこください。

請給我一盒香菸。

★ ガムをひとつください。

請給我一條口香糖。

★ フィルムを二本（にほん）ください。

請給我二個底片。

★ 小銭（こぜに）をくずしてもらえませんか。

麻煩我要換零錢。

★ すみません、この電車(でんしゃ)は上野(うえの)へ行(い)きますか。

請問，這輛電車到上野嗎？

單字

一部(いちぶ)	一份	おつり	找的零錢
えっと	嗯	タバコ	香菸
コーラ	可樂	ガム	口香糖
一本(いっぽん)	一瓶	フィルム	底片
全部(ぜんぶ)	總共	くずす	換成零錢

Chapter 10 上理髮店

會話

床屋：いらっしゃいませ、こちらでお待ちになってください。

歡迎光臨，請在這裡稍等一下。

王　：はい。

好的。

床屋：お荷物をお預かりしましょうか。

讓我幫您保管包包。

王　：お願いします。

麻煩你了。

床屋：次の方、お待たせいたしました。…。どうなさいますか。

下一位，讓您久等了。今天怎麼整理呢？

王　：カットをお願いします。

我要剪頭髮。

床屋：どのようにカットしましょうか。

您要怎麼剪？

王　：３センチぐらいカットしてください。

幫我剪三公分左右。

也要記住這種說法

★ この髪型（かみがた）にしてください。

我要像這樣的髮型。

★ カットとひげ剃（そ）りをお願（ねが）いします。

我要剪頭髮跟刮鬍子。

★ 軽（かる）くパーマをかけてください。

幫我燙髮不要太捲的。

★ 後（うし）ろを刈（か）り上（あ）げにしてください。

後面往上剪。

★ もっと短（みじか）くしてください。

再剪短一點。

單字

荷物（にもつ）	行李、攜帶的東西	髪型（かみがた）	髮型
方（かた）	人（敬語）	ひげ剃（そ）り	刮鬍子
待（ま）たせる	久等了	パーマ	燙髮
カット	剪髮	刈（か）り上（あ）げる	往上剪
センチ	公分		

MP3-51

Chapter 11 上美容院

會話

美容師：いらっしゃいませ。

歡迎光臨。

周　：予約（よやく）した周（しゅう）です。

我姓周已預約了。

美容師：では、こちらへどうぞ。…。今日（きょう）はどうなさいますか。

請到這裡來。今天要怎麼整理？

周　：パーマをお願（ねが）いします。

我要燙頭髮。

美容師：どのようにしましょうか。

燙什麼髮型？

周　：この写真（しゃしん）のようにしてください。

跟這張照片一樣。

美容師：かしこまりました。

好的。

也要記住這種說法

★ シャンプーとセットをお願いします。

請洗一洗再做髮型。

★ 担当のご指名はございますか。

您要指定誰嗎？

★ 前髪を少々切ってください。

留海稍微剪一下。

★ 髪を染めたいんですが。

我想要染頭髮。

★ 髪の分け目はどちら側にしますか。

要分哪一邊呢？

予約	預約	前髪	留海
どのように	怎麼樣	染める	染
写真	照片	たい	想
担当	擔任、負責	分け目	分邊
指名	指定、指名	側	邊、側

第六篇

飲食篇

MP3-52

打電話予約及問路

會話一

店員：ロリヤでございます。

roriya您好。

王　：もしもし。きょうは何時（なんじ）まで営業（えいぎょう）していますか。

喂，請問今天營業到幾點？

店員：夜（よる）の八時（はちじ）です。

晚上八點。

王　：そちらのお店（みせ）には、どのように行（い）けばいいですか。

貴店怎麼去呢？

店員：お客様（きゃくさま）はどちらにいらっしゃいますか。

您位在哪裡？

王　：渋谷駅（しぶやえき）です。

在澀谷車站。

店員：新玉川線（しんたまがわせん）に乗（の）られて、駒沢大学（こまざわだいがく）で降（お）りてください。

請搭新玉川線，在駒澤大學站下車。

王　：ありがとう。

謝謝。

會話二

王　：もしもし。予約(よやく)をお願(ねが)いしたいのですが。

喂，我想預約。

店員：はい、何日(なんにち)でしょうか。

好的，幾號？

王　：明日(あした)の夜七時(よるしちじ)です。

明天晚上七點。

店員：何名(なんめい)さまですか。

幾位？

王　：二名(にめい)です

兩人。

店員：お名前(なまえ)とお電話番号(でんわばんごう)をどうぞ。

您的大名及電話號碼？

王　：王建国(おうけんこく)です。電話番号(でんわばんごう)は、○○です。

王建國。電話是○○。

店員：分(わ)かりました。では、お待(ま)ちしております。

好的。恭候您大駕光臨。

也要記住這種說法

★ コース料理(りょうり)を予約(よやく)したいのですが。

我想預約套餐。

★ コースはおいくらですか。

套餐要多少錢？

★ コースの内容(ないよう)は何(なん)ですか。

套餐有什麼菜？

★ 予算(よさん)は一人(ひとり)２０００円(えん)までです。

一個人最多2000日圓的預算。

★ 今夜(こんや)の予約(よやく)を取(と)り消(け)したいのですが。

我要取消今晚的預約。

営業(えいぎょう)	營業	コース料理(りょうり)	套餐
いらっしゃる	在（敬語）	内容(ないよう)	內容
何日(なんにち)	幾號	今夜(こんや)	今夜
何名様(なんめいさま)	幾位	取(と)り消(け)す	取消
電話番号(でんわばんごう)	電話號碼		

Chapter 2

在日本料理店(1)

會話一

王　：すみません、メニューを見(み)せてください。

抱歉！請讓我看一下菜單。

店員：ご注文(ちゅうもん)はよろしいですか。

您可以點菜了嗎？

王　：何(なに)がおすすめですか。

有什麼推薦的？

店員：刺身(さしみ)と天(てん)ぷらはいかがでしょうか。

生魚片跟天婦羅如何？

王　：いいですね、それにしましょう。

不錯嘛。就來那個吧！

店員：では、お飲物(のみもの)は。

那麼，飲料呢？

王　：生(なま)ビール二本(にほん)ください。

請來二瓶啤酒。

店員：はい、かしこまりました。

好的。

會話二

山中：周さん、親子丼はどうですか。

周小姐，吃雞肉雞蛋蓋飯怎麼樣？

周　：鶏肉はちょっと…。

雞肉，我不…。

山中：あ、そうですか。

哦，是嗎？

周　：鶏肉は苦手なんです。

我不太喜歡吃雞肉。

山中：じゃあ、天ぷらはどうですか。

那吃炸蝦魚怎麼樣？

周　：ああ、いいですね。天ぷらは大好きです。

那太好了！我特別喜歡吃炸蝦魚。

也要記住這種說法

★ 座敷をお願いしたいのですが。

我想要鋪蓆子的。

★ 靴はこちらの靴箱にお入れください。

鞋子請放在這個鞋箱裡。

★ この料理は何ですか。

這是什麼菜？

★ これとこれをください。

給我這個跟這個。

★ 天ぷら一皿追加お願いします。

麻煩我要再叫一盤炸蝦魚。

單字

メニュー	菜單	生ビール	生啤酒
注文	叫	苦手	不擅長
おすすめ	推薦	大好き	很喜歡
～にする	要～	座敷	鋪席子
飲物	飲料	靴箱	鞋箱

Chapter 3

在日本料理店(2)

會話一

店員：お下げしてもよろしいですか。

可以端走了嗎？

周　：ちょっと待って下さい。ご飯のおかわりはできますか。

等一下。可以再續一碗飯嗎？

店員：はい、できますよ。

可以。

周　：味噌汁のおかわりもできますか。

味噌湯也可以再續一碗嗎？

店員：できませんが。

不可以。

周　：じゃ、味噌汁はいいです。ご飯だけ、お願いします。

那味噌湯就算了，只續飯就行了。

店員：かしこまりました。

當然。

會話二

山中：ええと、お酒（さけ）は飲（の）みますか。

你喝酒嗎？

周　：お酒（さけ）はちょっと…。

酒，我不…。

山中：車（くるま）なんですか。

你是開車來的嗎？

周　：いいえ、飲（の）めないんです。

不是。我不會喝酒。

山中：ああ、そう…。じゃ、何（なに）にしますか。

哦！是這樣啊。那你點個什麼喝？

周　：お茶（ちゃ）にします。

我喝茶。

也要記住這種說法

★ これはどうやって食(た)べるのですか。

這個怎麼吃？

★ お茶(ちゃ)をもらえますか

可以給我茶嗎？

★ これを下(さ)げてもらえますか。

這個幫我收拾一下。

★ これを持(も)ち帰(かえ)ってもいいですか。

這個可以帶回家嗎？

★ 別々(べつべつ)に払(はら)いたいのですが。

我們個別付。

單字

下(さ)げる	端走	飲(の)む	喝
よろしい	可以	ちょっと	不太…
おかわり	續（杯、飯等）	食(た)べる	吃
できる	可以	持(も)ち帰(かえ)る	帶回去
だけ	只有	別々(べつべつ)	個別

MP3-55

Chapter 4

在中華料理店

會話

店員：ご注文(ちゅうもん)は何(なに)になさいますか。

您要點什麼？

王　：餃子(ぎょうざ)とチャーハンと酢豚(すぶた)をください。

給我餃子、炒飯及糖醋排骨。

店員：ほかには。

還要點些什麼？

王　：以上(いじょう)です。

這樣就可以了。

店員：かしこまりました。

好的。

王　：あのう、お茶(ちゃ)をもらえますか。

麻煩，給我來杯茶。

店員：はい、少々(しょうしょう)お待(ま)ちください。

好的，請等一下。

也要記住這種說法

★ この料理(りょうり)は何人分(なんにんぶん)ですか。

這道菜是幾人份的？

★ ご飯(はん)はおかわりできますか。

飯可以續碗嗎？

★ レンゲをください。

請給我湯匙。

★ ウーロン茶(ちゃ)をください。

請給我烏龍茶。

★ この近(ちか)くに中華料理店(ちゅうかりょうりてん)はありますか。

這附近有中國菜館嗎？

餃子(ぎょうざ)	餃子	何人分(なんにんぶん)	幾人份
チャーハン	炒飯	レンゲ	湯匙
酢豚(すぶた)	糖醋排骨	近(ちか)く	附近
お茶(ちゃ)	茶		

Chapter 5

在吃到飽餐廳

王　：食べ放題に行きませんか。

今天去吃吃到飽的，要不要？

佐藤：あっ、いいですね。行きましょう。

好啊，走吧！

店員：いらっしゃいませ。

歡迎光臨。

王　：すみません。一人いくらですか。

請問，一個人多少錢？

店員：１５００円です。

1500日圓。

王　：時間制限はありますか。

有時間限制嗎？

店員：はい、二時間です。

有的，二個小時。

王　：じゃあ、二名お願いします。

那麼，二人。

也要記住這種說法

★ 飲物は含まれていますか。

有附飲料嗎？

★ 食べ残すとどうなりますか。

吃剩的話會怎麼樣？

★ 他の料理も注文できますか。

可以點其它的菜嗎？

★ 子供料金はいくらですか。

小孩多少錢？

★ 食べ過ぎました。

吃太多了。

單字

食べ放題	吃到飽	含まれる	包括
一人	一個人	食べ残す	吃剩
時間制限	時間限制	子供料金	小孩費用
二時間	兩個小時	食べ過ぎる	吃太多
二名	二人		

MP3-57

Chapter 6 在速食店

會話

店員：いらっしゃいませ。ご注文は。

歡迎光臨。你要點什麼？

林　：チーズバーガーとコーラをお願いします。

請給我起司漢堡和可樂。

店員：コーラのサイズは。

可樂要多大的。

林　：Lでお願いします。

我要L的。

店員：ご注文は以上でよろしいですか。

就點這些嗎？

林　：はい。

是的。

店員：お持ち帰りですか。

您要帶走嗎？

林　：ここで食べます。

我要在這裡吃。

也要記住這種說法

★ フライドポテト一つお願いします。

請給我一包薯條。

★ チョコレートシェーク二つください。

請給我兩杯巧克力奶昔。

★ ケチャップをもう一つもらえませんか。

可以再給我一包蕃茄醬嗎？

★ ストローが入ってません。

沒有放吸管。

★ こちらでお召し上がりですか。

在這裡吃嗎？

チーズバーガー	起司漢堡	チョコレートシェーク	巧克力奶昔
コーラ	可樂	ケチャップ	蕃茄醬
以上	結束	ストロー	吸管
フライドポテト	炸薯條	召し上がる	吃（敬語）

MP3-58

Chapter 7

叫外送

會話

周　：あ、もしもし、出前（でまえ）をお願（ねが）いします。

喂，我要叫外送。

寿司屋：はい。お名前（なまえ）とご住所（じゅうしょ）をお願（ねが）いします。

壽司店：好的。請告訴我您的姓名和住址。

周　：周（しゅう）です。古市場（ふるいちば）2（に）－1（のいち）。渡辺荘（わたなべそう）の201号室（にまるいちごうしつ）です。

我姓周，住址是古市場二丁目一番地，渡邊莊201室。

寿司屋：お電話番号（でんわばんごう）は。

壽司店：電話號碼呢？

周　：03－3548－1234です。

03-3548-1234。

寿司屋：はい、ご注文（ちゅうもん）は。

壽司店：好，您要什麼？

周　：江戸寿司（えどずし）を三人前（さんにんまえ）。

江戶壽司3人份。

寿司屋：３０分ぐらいかかると思いますが、よろしいですか。

壽司店：大概要30幾分鐘，可以嗎？

周　：はい、よろしくお願いします。

可以的。麻煩你了。

也要記住這種說法

★ ３０分前に注文したんですが、また来てないんですけど。

30分鐘前就叫了，但還沒來。

★ １２時前に届けますか。

12點以前可以送到嗎？

★ 新しいメニューを持ってきてくれませんか。

可以幫我帶新的菜單來嗎？

★ ドンブリはドアの前に置いていただけば結構です。

碗請放在門前就可以了。

★ まいどありがとうございました。

謝謝您。

單字

出前（でまえ）	外送	３０分前（さんじっぷん）	30分鐘前
江戸（えど）	江戸	また	還，尚
寿司（すし）	壽司	届（とど）ける	送達
三人前（さんにんまえ）	三人份	ドンブリ	大碗
思（おも）う	想，認為	まいど	常常

MP3-59

Chapter 8

付款

會話

店員：３５６０円(えん)になります。

共3560日圓。

周　：カードでいいですか。

可以刷卡嗎？

店員：はい、結構(けっこう)です。お支払(しはら)いは一回(いっかい)でよろしいですか。

可以的。一次付清嗎？

周　：はい、いいです。

是的。

店員：少々(しょうしょう)お待(ま)ちください…。では、こちらにサインをお願(ねが)いします。

請稍等一下…。請在這裡簽名。

店員：ご一緒(いっしょ)でいいですか。

一起算嗎？

王　：別々(べつべつ)にしてください。

請分開算。

店員：お一人様１５００円(ひとりさませんごひゃくえん)です。

一個人1500日圓。

也要記住這種說法

★ お勘定(かんじょう)をお願(ねが)いします。

請結帳。

★ 私(わたし)がご馳走(ちそう)します。

我請客。

★ 計算(けいさん)が違(ちが)ってます。

算錯了。

★ サービス料(りょう)は含(ふく)まれていますか。

含服務稅嗎？

★ 領収書(りょうしゅうしょ)もらえますか。

請給我收據。

單字

一回	一次	ご馳走	請客
こちら	這裡	計算	計算
サイン	簽名	違う	錯誤
別々にする	個別算	サービス料	服務稅
勘定	算帳		

第七篇

觀光篇

MP3-60

Chapter 1

在觀光服務中心

會話

王　：こんにちは。

你好。

職員：はい、何(なん)でしょう。

您好，有什麼我能效勞的？

王　：東京都内(とうきょうとない)の見物(けんぶつ)がしたいんですが。

我想遊覽東京都內。

職員：それならバスツアーをおすすめします。

這樣的話，我建議您參加巴士觀光團。

王　：そのツアーはおいくらですか。

那個團要多少錢？

職員：４５００円(えん)です。

4500日圓。

王　：バスはどこから出(で)るんですか。

觀光巴士從哪裡出發的？

職員：このオフィスのすぐ前(まえ)から出(で)ます。

從這個服務中心的正前方出發的。

也要記住這種說法

★ 観光（かんこう）パンフレットをください。

請給我觀光小冊子。

★ 古（ふる）い町（まち）を散歩（さんぽ）したいのです。

我想到古老的街道散步。

★ 東京（とうきょう）にはどんな名所（めいしょ）がありますか。

東京有哪些名勝？

★ 東京（とうきょう）タワーはどうやっていくのですか。

東京鐵塔怎麼去？

★ 景色（けしき）がいいのはどこですか。

哪裡景色好？

單字

見物（けんぶつ）	遊覽	パンフレット	小冊子
バスツアー	巴士觀光團	古（ふる）い	古老
オフィス	服務中心、辦事處	町（まち）	街道
すぐ	很近	名所（めいしょ）	名勝
観光（かんこう）	觀光	東京（とうきょう）タワー	東京鐵塔

MP3-61

Chapter 2

申請市區觀光團

王　：ツアーに申し込みたいのですが。

我想參加旅行團。

職員：はい、一日ツアーと半日ツアーがございますが。

好的，有一天和半天旅行團。

王　：おすすめのを教えてください。

你推薦的是哪一個？

職員：何かご覧になりたいですか。

您想看什麼呢？

王　：市内見物がしたいんですが。

我想觀光市內。

職員：それでしたら、東京の一日観光コースがよろしいですよ。食事も付いております。

那麼，東京的一天旅行團怎麼樣？也有附吃的呢。

王　：じゃあ、それをお願いします。

那麼我參加那一團。

也要記住這種說法

★ 夜(よる)の観光(かんこう)ツアーはありますか。

有晚上的旅行團嗎？

★ そのツアーはどこを回(まわ)りますか。

那個旅行團是繞什麼路線？

★ 英語案内(えいごあんない)のあるツアーはありますか。

有英語說明的旅行團嗎？

★ 何時間(なんじかん)かかりますか。

要花幾小時？

★ 料金(りょうきん)はいくらですか。

費用是多少錢？

單字

一日(いちにち)	一天	付(つ)く	附
半日(はんにち)	半天	夜(よる)	晚上
ご覧(らん)	看（敬語）	回(まわ)る	繞
観光(かんこう)コース	觀光團	案内(あんない)	説明；嚮導
食事(しょくじ)	餐飲	何時間(なんじかん)	幾個小時

MP3-62

Chapter 3

拍照

會話

王　：すみませんが、写真を撮っていただけますか。

對不起，可以幫我拍個照嗎？

旅行客：いいですよ。

旅　客：可以的。

王　：ここがシャッターです。押すだけでいいです。

這裡是快門，按下去就好了。

旅行客：分かりました。はい、笑って。

旅　客：好的。要拍了，笑一個。

王　：もう一枚お願いします。

麻煩再來一張。

旅行客：はい、チーズ。

旅　客：好的，笑一個。

王　：ありがとうございました。

謝謝您。

也要記住這種說法

★ ここで写真（しゃしん）を撮（と）ってもいいですか。

這裡可以拍照嗎？

★ ビデオを撮影（さつえい）してもいいですか。

可以錄影嗎？

★ あなたを撮（と）ってもいいですか。

可以拍你嗎？

★ はい、皆（みな）さん、こっち見（み）て、チーズ。

要拍了，大家看這邊，笑一個。

★ もう少（すこ）し中（なか）によってください。

請再往中間靠一下。

單字

写真（しゃしん）	照片	笑（わら）う	笑
撮（と）る	拍攝	チーズ	笑一個
シャッター	快門	ビデオ	攝影機
押（お）す	按	皆（みな）さん	大家
だけ	只要	中（なか）	中間

MP3-63

Chapter 4

洗照片

王　：すみません、このフィルムを現像してください。

對不起，請幫我洗這捲底片。

店員：かしこまりました。

好的。

王　：どのぐらいで出来上がりますか。

什麼時候可以好？

店員：４０分でできます。

40分鐘後可以好。

王　：あと、三十六枚撮りのフィルムを二本ください。

還有，給我兩捲36張的底片。

店員：フィルムはこのメーカーでいいですか。

這個廠牌的可以嗎？

王　：はい、いいです。

可以。

店員：こちらは写真の引換券になります。

這是取照片的收據。

也要記住這種說法

★ この写真（しゃしん）を引（ひ）き伸（の）ばしてください。

請幫我把這張照片放大。

★ 二枚（にまい）ずつ焼（や）いてほしいのですが。

我想各洗兩張。

★ もっと早（はや）くできませんか。

可以再快一點嗎？

★ カラーフィルムをください。

請給我彩色底片

★ いつ出来（でき）ますか。

什麼時候可以好？

單字

フィルム	底片	ずつ	各
現像（げんぞう）する	顯影	焼（や）く	洗
メーカー	廠牌	もっと	再、更
引換券（ひきかえけん）	收據	カラー	彩色
引（ひ）き伸（の）ばす	放大		

MP3-64

Chapter 5

問路(1)

會話

周　：すみません。トイレはどこですか。

　　　請問，廁所在哪裡？

受付：こちらをまっすぐ行かれますと、エレベーターがございます。

接待：從這裡直走，就可以看到電梯。

周　：まっすぐ…。

　　　直走…。

受付：そちらの右にございます。

接待：就在那裡的右邊。

周　：右ですね。

　　　右邊是嗎？

受付：はい、そちらに、エレベーターがあります。

接待：是的，那裡有電梯。

周　：ありがとうございました。

　　　謝謝。

也要記住這種說法

★ この道をまっすぐ行けばいいですね。

這條路直走就對了嗎？

★ 右に曲がります

右轉。

★ 左に曲がります。

左轉。

★ 突き当たり。

盡頭。

★ 連れていってくれませんか。

可以帶我去嗎？

單字

トイレ	廁所	左	左邊
まっすぐ	筆直	曲がる	轉彎
エレベーター	電梯	突き当たり	盡頭
右	右邊	連れる	帶
道	道路	ていく	～去

MP3-65

Chapter 6

問路(2)

會話

周　：すみません。ここに行きたいんですが。

請問。我想去這裡。

警官：ええと、あそこに銀行がありますね。

嗯，那裡有間銀行。

周　：あ、はい。

啊，是。

警官：あの銀行を右に曲がって、まっすぐ行って。

在銀行右轉，然後直走。

周　：まっすぐ…。

直走…。

警官：ええ、三つ目の交差点を左に曲がって、まっすぐ行って…。

對，然後在第三個十字路口左轉，再直走…。

周　：あのう、すみません。書いてください。

對不起，請幫我畫一下。

也要記住這種說法

★ 道(みち)に迷(まよ)いました。

我迷路了。

★ 駅(えき)はどこですか。

車站在哪裡？

★ 地図(ちず)を書(か)いてください。

請幫我畫一下圖。

★ ここはどこですか。

這裡是哪裡？

★ 何(なに)か目印(めじるし)はありますか。

有什麼大目標嗎？

單字

銀行(ぎんこう)	銀行	迷(まよ)う	迷路
三(みっ)つ目(め)	第三個	地図(ちず)	地圖
交差点(こうさてん)	十字路	目印(めじるし)	目標

MEMO

有志者事竟成。

第八篇

工作篇

MP3-66

找工作

會話一・打電話

会社：はい、人事部でございます。

您好，人事處。

王　：私は、東京工業大学の卒業生、王と申します。新聞で御社の求人広告を拝見しまして、応募したいのですが。

我是東京工業大學的畢業生，敝姓王。我在報紙上看到您的徵人廣告，我想應徵。

会社：そうですか。それでしたら、明日十時にお越しいただけますか。

是嘛。那請您明天十點到公司來。

王　：はい、分かりました。

好的。

会社：では、明日の十時にお待ちしております。

那麼，明天十點等您過來。

王　：では、失礼いたします。

好的，再見。

會話二・面談

課長：どうぞ、お掛(か)けください。ところで、王(おう)さんのご専攻(せんこう)は何(なん)ですか。

請坐。王先生主修什麼？

王　：情報処理技術学(じょうほうしょりぎじゅつがく)です。

情報處理技術。

課長：コンピューターはどうですか。

電腦怎麼樣？

王　：はい、得意(とくい)です。

很擅長。

課長：それでしたら、営業部(えいぎょうぶ)で手伝(てつだ)っていただけますか。

這樣的話，請你在營業部幫忙可以嗎？

王　：はい、結構(けっこう)です。

好的。

課長：そうしたら、来週(らいしゅう)の月曜日(げつようび)の九時(くじ)に出勤(しゅっきん)してくれませんか。

那，下週一的9點能來上班嗎？

王　：ありがとうございます。時間通(じかんどお)りに出勤(しゅっきん)いたします。今後(こんご)とも、どうぞよろしくお願(ねが)いします。

謝謝您。我會照時間來上班的。今後請您多多指教。

也要記住這種說法

★ いつから出勤できますか。

什麼時候可以開始上班？

★ いつでも大丈夫です。

什麼時候都可以的。

★ 交通手当はありますか。

有交通費嗎？

★ 時給はいくらですか。

一個小時多少錢？

★ わたしは○○が得意です。

我擅長〇〇。

單字

卒業生	畢業生	掛ける	坐
御社	貴社	専攻	主修
求人広告	徵人廣告	コンピューター	電腦
拝見	拜讀	出勤	上班
応募	應徵	今後とも	今後

MP3-67

Chapter 2

公司必備日語(1)

會話一・上班

王　：おはようございます。

你早。

鈴木：おはようございます。

你早。

王　：朝からいいお天気ですね。

一早天氣就挺好的。

鈴木：そうですね。

是啊！

王　：いつもお早いですね。

你都很早嘛。

鈴木：王さんもお早いですね。

王先生也很早啊！

會話二・上司的指派

課長：王君、高木商事の見積書は二種類作成してほしいんだ。

小王，把高木商事的估價單做成二種。

王　：はい、二種類でよろしいですね。

二種是嗎？

課長：うん、それと二十日までに出来るかな。

嗯，還有20號做得出來嗎？

王　：分かりました。すぐやります。

好的，我馬上做。

課長：頼んだぞ。

拜託你了。

王　：承知しました。

好的。

也要記住這種說法

★ いいお天気(てんき)ですね。

天氣真好啊！

★ これをコピーしてくれますか。

這個幫我影印一下。

★ ○○が出来上(できあ)がりました。お目(め)を通(とお)してください。

○○已經做好了，請您過目。

★ 二十日中(はつかじゅう)に出来(でき)ればよろしいのですね。

二十號以前做好就可以了嗎？

★ はい、かしこまりました。

是，好的。

單字

いつも	經常、總是	すぐ	馬上
早(はや)い	早	頼(たの)む	拜託
見積書(みつもりしょ)	估價單	承知(しょうち)する	瞭解
作成(さくせい)	做成	コピー	影印
二十日(はつか)	二十日	～中(じゅう)	～之中

MP3-68

Chapter 3

公司必備日語(2)

會話一・離開公司前的報告

王　：高木商事に参ります。

我去高木商事一下。

課長：今日はどんな用かな。

今天有什麼事呢？

王　：はい、Aプロジェクトの最初の打ち合わせです。

是，有關A計畫的最初洽談。

課長：しっかり頼んだよ。

就拜託你了。

王　：はい、3時までには戻ります。行ってきます。

好的，我3點會回來。我走了。

課長：いってらっしゃい。

路上小心。

會話二・回公司後的報告

王　：ただいま戻りました。高木商事に伺って、佐藤様から、計画書と図面をいただいて参りました。

我從高木商事回來了。我帶回了佐藤先生給的計畫書跟圖面。

課長：ご苦労さん、何か伝言はある。

辛苦了。他說了什麼？

王　：はい、『ご不明の点があれば、ご説明に伺います。』と言われました。

是。他說『如果有不明白之處，再登門拜訪加以說明』。

課長：うん。

嗯。

王　：それから、『ぜひご採用いただきたくお願いいたします』とのことでございます。

又說『請您務必採用』。

也要記住這種說法

★〇〇支社に行ってまいります。

我要去〇〇分公司。

★ 多分、今日は戻れないかと思います。

今天大概沒辦法回來了。

★ 今からご報告してもよろしいですか。

現在可以向您做一下報告嗎？

★ 大島様が、『課長によろしく』とのことでした。

大島先生說『代我向課長問好』。

★ 予想通り、三件、成約できました。

如當初所預料的，三個契約達成了。

單字

戻る	回來	ぜひ	一定
伺う	拜訪	採用	採用
企画書	企畫書	打ち合わせ	洽談
図面	圖面	しっかりと	確實
不明	不明白	成約	達成契約

MP3-69

Chapter 4

公司必備日語(3)

會話一・商談

王　：課長、ご相談したいことがあるんですが。

課長有件事想跟您商量。

課長：うん、なに。

什麼事？

王　：Aプロジェクトについてなんですが。

是有關A計畫。

課長：はい、どうぞ。

好，你說。

王　：この計算がどうしても合わないんですが、

這道計算總是不合。

課長：あ、そう。

嗯。

王　：私のやり方が間違っているのでしょうか。

是不是我的算法不對？

課長：ああ、それはね…。

啊，是這樣的…。

會話二・出席會議

課長：では、新らしいサービスに関する意見のある方は。

那麼，對這項新的服務有人有意見嗎？

王　：はい、人件費がかかりすぎると思います。

有，我認為人事費太高了。

課長：うん。

嗯。

王　：もっと具体的にした方がいいと思います。

更具體一點會更適當。

係長：結構いいアイデアだと思います。

嗯，這個構想不錯。

課長：佐藤君、ちゃんと控えてるか。

佐藤君，記下來了嗎？

佐藤：はい。

記下來了。

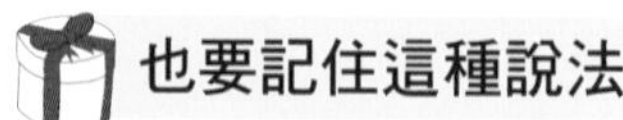

也要記住這種說法

★今、ちょっとよろしいでしょうか。

現在可以打擾一下嗎？

★ どうしたらよいか、ご相談したいのですが。

我不知道該怎麼辦，想跟您商量一下。

★ 課長、例の件、どうすればよろしいですか。

課長，那件事，該怎麼做好呢？

★ 出席は、私一人でよろしいでしょうか。

就我一個人出席是嗎？

★ いかがいたしましょうか。

如何是好？

單字

相談	商量	意見	意見
合わない	不合	人件費	人事費
やり方	作法、算法	具体的	具體的
間違う	錯誤	アイデア	構想
関する	有關	控える	記錄

MP3-70

Chapter 5 公司必備日語(4)

會話一・連絡

周　：失礼します。

對不起。

課長：はい、どうぞ。

請進。

周　：お話中失礼しますが。

談話中非常抱歉。

課長：何でしょう。

什麼事？

周　：電話が入っておりますが、メモをご覧ください。

有您的電話，請看便條。

課長：

謝謝。

會話二・請假

周　：係長、来週の月曜と火曜、休ませていただきたいのですが。

股長，下星期一、二我想休息。

係長：仕事の予定は。

工作的預定呢？

周　：営業伝票は今週中に片付けておきます。

這個星期我會先把營業傳票做好。

係長：うん。

嗯。

周　：来週は私以外に休む予定の人はおりませんので…大丈夫だと思いますが。

下星期除了我之外沒有人休息…應該是沒問題的。

係長：じゃ、いいよ。

那可以。

周　：すみません、よろしくお願いいたします。

對不起，就麻煩您了。

也要記住這種說法

★ 総務課からの委員会報告の回覧です。ご覧ください。

這是總務科傳來的委員會報傳閱板，請您過目。

★ 急ぎの電話が入っておりますが、いかがいたしましょうか。

有緊急電話，怎麼好呢？

★ 父の見舞いに行きたいので、月曜日に休ませていただきたいのですが。

我想去看（探病）我父親，所以星期一想休息。

★ 突然で申しわけありませんが、発熱してしまいました。休ませてください。

突然之間真是很抱歉，我發燒了，請讓我休息。

單字

話し中	談話中	申しわけありません	很對不起
メモ	便條	予定	預定
ご覧	看（敬語）	伝票	傳票
回覧	傳閱板	片付ける	收拾，做好
急ぎ	緊急		

Chapter 6 公司必備日語(5)

會話一・拜訪客戶

王　：すみません、私はABC株式会社の王と申しますが。

對不起，我是ABC股份有限公司，敝姓王。

受付：はい。

是的。

王　：3時から加藤課長とお約束があるんですが。

我跟加藤課長約了3點。

受付：はい、少々お待ちくださいませ。

好的，請稍等一下。

王　：はい、お願いします。

好的，麻煩你了。

受付：お待たせいたしました。王さま、こちらへどうぞ。

讓您久等了。王先生這邊請。

會話二・交換名片

王　：(名刺を渡しながら)初めまして、ABC株式会社の王と申します。よろしくお願いします。

（一邊遞名片）初次見面，我是ABC股份有限公司，敝姓王。請多指教。

客　：(名刺を渡しながら)私、営業部の行方と申します。こちらこそどうぞよろしくお願いいたします。

（一邊遞名片）我是營業部的，敝姓行方。請多指教。

王　：恐れ入ります。ちょうだいいたします。

不好意思我收下了。

客　：恐れ入ります。

不好意思。

王　：めずしいお名前ですね。

您的姓氏很特別。

客　：名前が「不明」ではありませんのが、さいわいでございます。

名字沒有叫「不明」就太慶幸了。

也要記住這種說法

★ いつもお世話(せわ)になっております。

經常承蒙您的關照。

★ 野村課長(のむらかちょう)と14時(じゅうよじ)のお約束(やくそく)なのですが。

我跟野村課長先生約了14點見面。

★ 少々(しょうしょう)お待(ま)ちくださいませ。

請稍等一下。

★ これは私(わたくし)の名刺(めいし)です。

這是我的名片。

★ 山田(やまだ)さんにお会(あ)いしたいのですが。

我想見山田先生。

單字

約束(やくそく)	約定	恐(おそ)れ入(い)ります	不好意思
名刺(めいし)	名片	ちょうだい	收下
渡(わた)す	遞、給	さいわい	幸運
ながら	邊…邊…	会(あ)う	見面

MP3-72

Chapter 7

公司必備日語(6)

會話・課長外出時

周　：課長、お出かけですか。何時ごろお帰りですか。

課長您要出門嗎？您什麼時候回來？

課長：急用が出来たので、昼には帰れると思うよ。

突然有急事，大概中午就可以回來了。

周　：はい、分かりました。電話の入る予定などはありませんか。

好的。會有您的電話進來嗎？

課長：ああ、そうだ。十時ごろNKの小林課長から連絡があるんだ。

啊！有。10點左右NK的小林課長會打電話進來。

周　：はい。

是。

課長：『十三時にこちらから電話する』と伝えてくれないか。

告訴他『13點我會打電話給他』。

也要記住這種說法

★今、新宿にいる、〇〇さんから電話があったか。

我現在在新宿，〇〇先生有電話來嗎？

★お留守中のお電話を、こちらにメモしておきます。

這是您不在時的電話，這是便條。

★お帰りなさい。伝言はこちらにメモしてあります。

您回來了。留話我寫在這裡。

★お留守中に、大田さまが『近くまで来たので』とのことで、名刺をお預かりいたしました。

您不在時，大田先生剛好『來到這附近』所以留下這了張名片。

單字

急用	急事	留守中	不在時
出来た	有	メモ	便條
帰れる	回來	伝言	傳話
連絡	聯絡	預かる	收存
とのこと	～之事		

MP3-73

Chapter 8

公司必備日語(7)－電話禮節

會話一

オペレーター：はい、おはようございます。高橋商事でございます。

總機：您早。高橋商事。

王：ABC株式会社の王と申します。いつもお世話になっております。

我是ABC股份有限公司，敝姓王。承您關照。

オペレーター：いつもお世話になっております。

總機：承您關照。

王：佐藤さんをお願いします。

佐藤先生在嗎？

オペレーター：佐藤は二人おりますが。佐藤政夫でしょうか。佐藤洋一でしょうか。

總機：佐藤有二位，您是找佐藤政夫還是佐藤洋一呢？

王：政夫さんをお願いします。

我找政夫先生。

オペレーター：分かりました。少々お待ちください。

好的。請稍等一下。

會話二

周　：IFM株式会社でございます。

IFM股份有限公司。

客　：森高機械の渡部と申します。企画部の中沢さんをお願いします。

我是森高機械，敝姓渡部。企畫部的中澤先生在嗎？

周　：申しわけございませんが、ただいま席を外しております。こちらから電話させましょうか。

很抱歉，他現在不在位上。讓他回您電話好嗎？

客　：お願いします。

麻煩你了。

周　：承知しました。お電話ありがとうございました。

不客氣。謝謝您的電話。

也要記住這種說法

★ ただいま、佐藤にかわります。少々お待ちください。

現在讓佐藤接電話。請稍等一下。

★ ただいま電話中でございますが。

現在他人電話中。

★ ただいま、外出しておりますが。

他人現在外出。

★ 本日は出張しておりますが。

他今天出差。

★ 本日は休んでおりますが。

他今天休息。

單字

世話	關照	電話中	講電話中
いらっしゃいます	在（敬語）	外出する	外出、出門
恐れ入ります	很抱歉	出張する	出差
企画部	企畫部	休む	休息
承知する	知道了		

MP3-74

Chapter 9

公司必備日語(8)－電話禮節

會話一

王　：もしもし、ABC株式会社の王と申します。鈴木さんをお願いします。

喂，我是ABC股份有限公司，敝姓王。我找鈴木先生。

鈴木：こんにちは、鈴木です。いつもお世話になっております。

你好，我是鈴木。承您關照。

王　：新プロジェクトのご相談のため、お目にかかりたいのですが。いつがご都合がよろしいですか。

我想跟您洽談有關新計畫一事，您什麼時候方便？

鈴木：私の方はいつでもかまいませんよ。

我什麼時候都可以的。

王　：では、来週の月曜日、１４時にお目にかかれませんか。

那麼，下週一，14點可以與您碰個面嗎？

鈴木：それで結構ですよ。

可以的。

王　：それでは、来週月曜日の１４時に伺います。

那麼，下星期一的14點見。

會話二

王　：もしもし、ABC株式会社の王ですが。石川さんをお願いします。

喂，我是ABC股份有限公司，敝姓王。我找石川先生。

石川：こんにちは、石川です。いつもお世話になっております。今、ファックスをお送りしたところです。

您好。我是石川。承您關照。現在我剛傳真過去了。

王　：ありがとうございます。受け取りました。でも、３ページ目が抜けています。

謝謝您。我收到了。可是第三頁漏掉了。

石川：すみません。今すぐ、そのページをもう一度お送りします。

很抱歉。我現在馬上再把那一頁傳過去。

王　：よろしくお願いします。

麻煩你了。

也要記住這種說法

★ ご都合(つごう)はいかがでしょうか。

您時間方便嗎？

★ お時間(じかん)と場所(ばしょ)、どういたしましょう。

時間跟場所由您決定。

★ よろしければ、明日(あした)、お時間(じかん)を頂戴(ちょうだい)できれば助(たす)かりますが、いかがでしょうか。

如果明天可以給我些時間，那就太感謝了。

★ よろしくお願(ねが)いいたします。

麻煩您了。

單字

株式会社(かぶしきがいしゃ)	股份有限公司	送(おく)る	傳送
プロジェクト	計畫	受(う)け取(と)る	收到
お目(め)にかかる	會面（敬語）	ページ	頁
都合(つごう)	方便	抜(ぬ)ける	脱落
かまいません	沒關係	一度(いちど)	一次

MEMO

莫半途而廢。

第九篇

遇到麻煩篇

MP3-75

皮包掉了

會話

周　：すみません。財布をなくしたんですが。

對不起。我皮包掉了。

警官：どこでなくしたんですか。

在哪裡掉的？

周　：たぶん、駅から家までの間だと思います。

大概在車站到家之間吧！

警官：どんな財布ですか。

什麼樣的皮包？

周　：黒くて小さい財布です。

黑色的小錢包。

警官：何が入っていますか。

裡面放了些什麼？

周　：ええと、お金が一万円ぐらいとVISAカードです。

嗯，一萬塊左右跟VISA卡。

警官：これに名前と住所と電話番号を書いてください。
カード会社にも連絡してください。

這裡請填上你的姓名、住址跟電話號碼。也請盡快跟信用卡公司聯繫。

也要記住這種說法

★ 財布(さいふ)を落(お)としたのですが。

我錢包掉了。

★ 現金(げんきん)と銀行(ぎんこう)のカードです。

現金跟銀行的金融卡。

★ パスポートをなくしました。

我護照丟了。

★ 一番近(いちばんちか)い警察署(けいさつしょ)はどこですか。

最近的警察局在哪裡？

★ 銀行(ぎんこう)にも早(はや)めに連絡(れんらく)してください。

也請盡早跟銀行聯絡。

單字

財布(さいふ)	錢包	連絡(れんらく)する	聯絡
なくす	丟了、掉了	落(お)とす	丟掉
どんな	什麼樣	警察署(けいさつしょ)	警察局
黒(くろ)い	黑的	早(はや)めに	盡早

Chapter 2

遇到扒手

會話

王　：すみません。

對不起。

警官：はい、何でしょうか。

是，什麼事？

王　：財布をすられました。

我的皮夾被扒了。

警官：どこでですか。

在哪裡？

王　：電車の中で、切符を買うときにはまだありましたが。

在電車上，因為我買車票的時候，還在呢！

警官：では、盗難届を書いてください。

那麼，請填寫失竊申報書。

王　：はい。必ず見つけてくださいね。

好，請你一定要找到我的皮夾哦！

警官：はい、分(わ)かりました。

好的，我知道了。

也要記住這種說法

★ 泥棒(どろぼう)!すり!

小偷！扒手！

★ 警察(けいさつ)を呼(よ)んでください。

請叫警察來。

★ 誰(だれ)か来(き)て。

來人啊！

★ あの人(ひと)は私(わたし)のバックをひったくった。

那個人搶了我的皮包。

★ 助(たす)けて。

救命啊！

單字

すられる	被扒	必(かなら)ず	一定
キップ	車票	見(み)つける	找到
まだ	還、尚	泥棒(どろぼう)	小偷
盗難届(とうなんとどけ)	失竊申報書		

MP3-77

Chapter 3

迷路

王　：すみません、ここはどこですか。

請問，這裡是什麼地方？

警官：どうかしましたか。

怎麼了？

王　：道に迷ってしまいました。

我迷路了。

警官：そうですか。ここは不忍通りですよ。

迷路了啊。這裡是不忍街。

王　：上野の森美術館に行きたいのですが。

我想去上野的森林美術館。

警官：あ、反対側ですよ。

美術館在不忍池的反方向。

王　：どうもありがとうございました。

謝謝您。

也要記住這種說法

★ すみません、渋谷駅（しぶやえき）はどこですか。

請問，澀谷車站在哪裡？

★ ここはどこですか。

這裡是什麼地方？

★ この住所（じゅうしょ）に行（い）きたいのですが。

我想去這個住址的地方。

★ 一番近（いちばんちか）い駅（えき）はどこですか。

最近的車站在哪裡？

★ 地図（ちず）を書（か）いてもらえますか。

可以幫我畫一下圖嗎？

單字

しまう	表示無可挽回	反対側（はんたいがわ）	相反方向
通（とお）り	街道	地図（ちず）	地圖
美術館（びじゅつかん）	美術館		

MP3-78

車子爆胎了

職員：山田レンタカーです。

這是山田租車中心。

周　：周といいます。パンクしてしまいました。どうしたらいいですか。

我姓周，我車子爆胎了。怎麼辦？

職員：近くにガソリンスタンドはありませんか。

附近有加油站嗎？

周　：ないと思います。

好像沒有。

職員：今いるところを教えてください。

請告訴我您現在的位置。

周　：グリーン公園の入り口近くです。

綠公園的入口附近。

職員：近くに病院か銀行は見えますか。

附近可以看到醫院或銀行嗎？

周　：えーと…、あ、ちょっと先にフロリダ総合病院が見えます。

嗯…，啊！再過去一點可以看到佛羅里達綜合醫院。

職員：わかりました。１５分以内に誰かを行かせます。

好的。15分鐘之內會派人過去。

也要記住這種說法

★ エンジンがかかりません。

引擎動不了了。

★ 車が盗まれました。

車子被偷了。

★ 事故に遭いました。

遇到交通事故。

★ その近くに大きな目印はありますか。

那附近有大的目標嗎？

★ そこでお待ちになってください。

請在那裡等一下。

單字

レンタカー	出租汽車	入り口（いりぐち）	入口
パンク	爆胎	病院（びょういん）	醫院
ガソリンスタンド	加油站	見える（みえる）	看得見
グリーン	綠	以内（いない）	以內

MP3-79

Chapter 5 故障了

會話

周　：すみません、あのう、エアコンが故障したみたいなんですが　。

對不起，空調好像出毛病了。

大家：ちょっと見せてください。ああ、音がおかしいですね。電気屋さんを呼びますね。

讓我看一下。啊！聲音有些不對，我去叫電器行來。

周　：すみません、このテレビは映像が出ないんでが。

對不起，這台電視影像出不來。

店員：ああ、これですか…。ううん…。なおりますけど、修理代がかかりますよ。

…哦，是這兒壞了…，嗯…能修好，不過要修理費。

周　：どのぐらいかかりますか。

要花多少錢？

店員：1 万円ぐらいです。新しいのを買った方がいいですよ。

一萬日圓左右，還是買個新的合算。

也要記住這種說法

★ お湯が出ないんです。

熱水出不來。

★ ドアが閉まらないです。

門關不起來。

★ トイレが詰まって流れないんです。

廁所塞住了流不通。

★ 蛇口が故障しています。

水龍頭壞掉了。

★ 排水口が詰まっています。

排水口阻塞了。

單字

エアコン	空調	呼ぶ	叫
故障	壞了	映像	影像
音	（物體的）聲音	修理代	修理費
おかしい	異常	方がいい	…比較好
電気屋	電器行		

MP3-80

Chapter 6 感冒了

医者：どうしましたか。

你哪兒不舒服？

周　：熱があって、頭も少し痛いです。

發燒，頭也有些疼。

医者：じゃ、口を開けて。胸を出して。はい、後ろ。はい、いいですよ。風邪ですね。

張開嘴…讓我看一下胸部…。好，聽一下後面。好了。是感冒。

周　：風邪ですか。

感冒啊！

医者：ええ、じゃ、薬を三日分出します。一日三回、食後に飲んでください。

是的。給你開三天的藥。一天三次，飯後吃。

周　：一日三回、食後ですね。あのう、お風呂に入ってもいいですか。

一天三次，飯後吃，對吧？還有，可以洗澡嗎？

医者：熱があるときは、入らない方がいいですね。

發燒的時候，最好不要洗澡。

也要記住這種說法

★ 熱(ねつ)を計(はか)りましょう。

量一下體溫。

★ くしゃみが止(と)まらない。

不斷地打噴嚏。

★ のどは痛(いた)いです。

喉嚨痛。

★ 咳(せき)が出(で)ます。

會咳嗽。

★ 全身(ぜんしん)に寒気(さむけ)がします。

全身發冷。

單字

熱(ねつ)	發燒	出(だ)す	開、給
頭(あたま)	頭	食後(しょくご)	飯後
痛(いた)い	痛	計(はか)る	量
風邪(かぜ)	感冒	くしゃみ	打噴嚏
薬(くすり)	藥	寒気(さむけ)	發冷

MP3-81

Chapter 7

瀉肚子

医者：どうかしましたか。

怎麼了？

王　：下痢(げり)がとまらないんです。

肚子一直瀉個不停。

医者：いつからですか。

什麼時候開始的？

王　：昨日(きのう)の午後(ごご)からです。

昨天下午。

医者：ここに横(よこ)になってください。…痛(いた)い。

請你躺在這裡。…。痛嗎？

王　：いいえ、全然(ぜんぜん)。

不，一點也不痛。

医者：食(しょく)あたりですね。大丈夫(だいじょうぶ)、薬(くすり)を出(だ)しますから。

是食物中毒，沒關係，開些藥給你就好了。

王　：ありがとうございます。

謝謝你。

也要記住這種說法

★ ずっと下痢（げり）をしています。

一直瀉肚子。

★ 気持（きも）ちが悪（わる）いです。

會噁心。

★ お腹（なか）が痛（いた）いです。

肚子痛。

★ ここ数日（すうじつ）便秘（べんぴ）です。

這幾天都便秘。

★ お大事（だいじ）に。

請多保重。

單字

下痢（げり）	瀉肚子	全然（ぜんぜん）	完全
止（と）まる	停止	食（しょく）あたり	食物中毒
昨日（きのう）	昨天	気持（きも）ち	身體舒服與否的感覺
午後（ごご）	下午	お腹（なか）	肚子
横（よこ）になる	躺著	便秘（べんぴ）	便秘

Chapter 8

牙痛

會話

醫生：今日(きょう)は、どうかしましたか。

今天，哪兒不舒服？

林　：奥歯(おくば)が痛(いた)くて、物(もの)がかめません。

臼齒痛得沒有辦法咬東西。

醫生：この歯(は)でしょう

是這顆吧！

林　：痛(いた)いっ。

好痛！

醫生：親知(おやし)らずですね。

是智齒在作怪。

林　：完治(かんち)するのに何日(なんにち)かかりますか。

要花幾天才能治好。

醫生：一ヶ月(いっかげつ)かかるでしょう。

一個月吧！

林　：そうですか。

是嗎？

也要記住這種說法

★ どこが痛（いた）むのですか。

哪裡痛？

★ 冷（つめ）たい水（みず）を飲（の）むとしみるんです。

喝冷水就會酸痛。

★ 右（みぎ）の上（うえ）の歯（は）です。

右上方的牙齒。

★ 虫歯（むしば）です。

蛀牙。

★ 来週（らいしゅう）の月曜日（げつようび）また来（き）てください。

請下禮拜一再來。

單字

奥歯（おくば）	臼齒	痛（いた）む	疼痛
かめる	咬	上（うえ）	上面
歯（は）	牙齒	冷（つめ）たい	冷
親知（おやし）らず	智齒	虫歯（むしば）	蛀牙
完治（かんち）する	治好		

MP3-83

花粉症

林　：目がかゆいんです。

眼睛很癢。

医者：だいぶ赤くなっていますね。

醫生：眼睛相當紅呢！

林　：涙と一緒に鼻水も出てつらいんです。

眼淚、鼻涕一起流，很難受。

医者：アレルギーはありますか。

醫生：會過敏嗎？

林　：今まではなかったんですが。

到現在為止沒有過。

医者：花粉症かもしれませんね。

醫生：可能是花粉症。

林　：花粉症ですか。

花粉症啊！

医者：かもしれません。アレルギー検査(けんさ)をしてみましょう。

醫 生 ：可能吧！做一次過敏檢查吧！

也要記住這種說法

★ くしゃみが止(と)まらないんです。

不斷地打噴嚏。

★ 目(め)まいがします。

會頭暈。

★ 体(からだ)がだるくて食欲(しょくよく)がないんです。

身體倦怠沒有食慾。

★ マスクを付(つ)けた方(ほう)がいいです。

最好戴上口罩。

★ 血液検査(けつえきけんさ)の結果(けっか)はどうですか。

驗血的結果怎麼樣？

單字

目(め)	眼睛	鼻水(はなみず)	鼻水
かゆい	癢	つらい	很不舒服
だいぶ	相當	アレルギー	過敏
赤い(あか)	紅	花粉症(かふんしょう)	花粉症
涙(なみだ)	眼淚	血液検査(けつえきけんさ)	驗血

日語系列：23

最新 日本人天天說生活日語

合著／朱讌欣，渡邊由里
出版者／哈福企業有限公司
地址／新北市板橋區五權街 16 號 1 樓
電話／(02) 2808-4587 傳真／(02) 2808-6545
郵政劃撥／31598840 戶名／哈福企業有限公司
出版日期／2020 年 1 月
定價／NT$ 299 元（附 MP3）

全球華文國際市場總代理／采舍國際有限公司
地址／新北市中和區中山路 2 段 366 巷 10 號 3 樓
電話／(02) 8245-8786 傳真／(02) 8245-8718
網址／www.silkbook.com 新絲路華文網

香港澳門總經銷／和平圖書有限公司
地址／香港柴灣嘉業街 12 號百樂門大廈 17 樓
電話／(852) 2804-6687 傳真／(852) 2804-6409
定價／港幣 100 元（附 MP3）

email／haanet68@Gmail.com
網址／Haa-net.com
facebook／Haa-net 哈福網路商城

郵撥打九折，郵撥未滿 500 元，酌收 1 成運費，
滿 500 元以上者免運費

國家圖書館出版品預行編目資料

最新 日本人天天說生活日語／朱讌欣, 渡邊由里 合著.
-- 新北市：哈福企業, 2020.1
面； 公分. --（日語系列；23）

ISBN 978-986-98340-3-2 （平裝附光碟片）

1.日語 2.會話

803.188